九州大学生体解剖事件

七〇年目の真実

熊野以素
Iso Kumano

岩波書店

伯父と伯母に捧げる

まえがき

国立国会図書館所蔵の「米横浜裁判公判記録九大事件裁判資料」は、いわゆる「九州大学生体解剖事件」(日本軍から米軍捕虜の提供を受け、九州大学医学部第一外科と解剖学教室第二講座が行なった生体実験)の裁判および再審査(判決を不服とする被告が申し立て、行なわれた非公開の審査)のほぼ全記録である。著者の伯父の死刑判決資料もここにおさめられている。

第一外科の助教授であった伯父は実験手術に抵抗し、四回あった手術のうち参加したのは初めの二回(正確には一回半)であった。しかし裁判では首謀者の一人として死刑判決を受けた。

伯父は苦悩の末、死を受容する心境に達したが、伯母はさまざまな妨害をはねのけ、再審査を請求し、減刑を勝ち取った。伯父は満期出所し、家族のもとに帰った。心の奥に罪の意識をかかえつつ、その後の人生を町医者として生きた。

伯父に深い影響を受けて育った私は、伯父がついに語らなかった九大事件の真相を知りたいと思っていた。

九大事件の裁判記録は日本側に残されておらず、わずかな関係者の証言と米国国立公文書館の裁判資料を読む以外に真相に迫る方法はないとされていた。

ところが六年ほど前のことである。私は、国立国会図書館が一九九八(平成一〇)年に米国からこの裁判資料を入手し、マイクロフィルム化して保存していることを知った。複写を取り寄せ、読み進むうちに、私はこの中に誰も読んでいないと思われる再審査資料が多数含まれていることを発見した。公判記録と公判に関する宣誓供述書に基づく著作はすでにあるが、再審査についてはこれまでまったく語られていない。また、軍事裁判であるため再審査は非公開で、被告および関係者にもその経過は知らされず、減刑となった場合も結果が通知されるだけであった。

知られざる再審査資料の中身は何なのか。

再審査してほしいという嘆願書の中で、死刑宣告を受けていた被告の一人は次のように述べている。

「法廷において委員長は常に簡単な短い証言をすることを要求され……弁護側からも同様の注意を受けた……弁護側直接尋問に対してもあらかじめ渡された書類を暗記して、そのとおりに証言せねばならぬと思っていた……私自身の立場から説明したいこともできない儘に終わった。ここに説明をしたい……」(森良雄再審査嘆願書。資料ナンバー 775025)

法廷では許されなかった本当の証言を、被告たちは嘆願書の中で詳しく語っているのである。そこから浮かび上がってきたのは、軍と医学部の組織犯罪としての九大生体解剖事件の真相である。

白昼堂々行なわれた捕虜移送、内外の研究者の目の前で繰り広げられた公開の手術、世紀の手術とまで呼ばれた最新の実験。顧みられない医の倫理。その中で苦悩する伯父。戦後の軍事法廷に渦巻く陰謀。罪を自覚するがゆえに窮地に追い詰められる伯父の姿……。

平時ならば善良な医師として生きたであろう人々が、恐ろしい戦争犯罪に加担していく。すべては戦争の狂気がもたらした悲劇であった。

この事実を歴史の闇に葬ってはならない。再び「戦争のできる国」になろうという逆流が渦巻く今日こそ、明らかにしなければという思いで、本稿を記した。

（この事件について九大関係者は当時、実験手術と呼んでいたようである。正確に言うと、生体実験および遺体解剖である。著者は生体実験もしくは実験手術という表現を使った。米軍は「ヴィヴァセクション」(vivisection)という言葉を使い、それが裁判では生体解剖と訳された）

鳥巣太郎(歌集『ヒマラヤ杉』より)

目次

終章　伯父と私

第1章　生体実験

九大医学部第一外科

絶対服従の宣誓書

著者の伯父・鳥巣《とりす》太郎は佐賀県東松浦郡の山奥、平家の落人伝説の残る村で代々の庄屋の家に長男として生まれた。佐賀の中学校から佐賀高等学校に進み、九州帝国大学医学部に入学。一九三二(昭和七)年優等で卒業し、赤岩八郎教授率いる第一外科に入局した。当時の九大医学部は西日本一と称されていた。現在とちがい帝国大学教授の地位は極めて高く、勅任官(県知事などに相当する高等官。勅命によって任じられる)とされていた。なかでも高名な赤岩教授のもとで研究者としての研鑽をつむ毎日が始まった。

翌々年、赤岩教授の仲人で医学部の先輩の妹である中山蕗子《ふきこ》と結婚した。二人の間には二男一女が生まれ、平和な家庭生活が続いた。一九三七(昭和一二)年、博士号を取得し、翌年、医学部講師となった。

順調な生活に戦争の影が差し始めたのは一九四一(昭和一六)年のことである。鳥巣は二月に召集され、久留米の陸軍病院に見習士官として入隊、軍医の務めをすることになった。まず軍隊教育を施され、上官への絶対服従をたたきこまれた。患者の治療が任務であるが、病院では現役の軍人がはばをきかせ、目に余る行為も多かった。そのうえ自由な医学研究をすることができないのは辛かった。

一二月には太平洋戦争が始まり、「お国のため」「何事も勝利のため」耐えるほかはなかった。

一九四四(昭和一九)年五月、鳥巣に嬉しい知らせが届いた。

「助教授として九大に復帰」

鳥巣を九大に呼び戻したのは、赤岩教授から第一外科を引き継いだ石山福二郎教授であった。石山は九大の生え抜きであったが、平穏に出世の階段を上ったわけではない。かつては九大医学部の封建制に抗議し「学内浄化」を叫ぶ若手研究者の一人であった(当時の浄化、維新などの言葉はファシズムと呼応するところが多かった)。

そのため大学当局によって台北医学専門学校(後の台北帝国大学医学部)に左遷されたが、才能を惜しむ知友のとりなしで岡山医科大学の教授として本土に復帰。岡山医大では肺臓外科、胆道外科で名声を博し、胃癌の手術や癲癇の研究、心臓手術、さらには各種の検査法や検査機器の開発も手がけた。その名声を背景に、恩師三宅速《はやり》博士などの推薦のもと、九大にいわば凱旋したのである。

石山は「異常な研究心と頼まれたらいやといわぬ侠気と強引なファッショ的性格」の持ち主で、それが「生体解剖事件」を引き起こしたのではないかと、石山の教授就任に尽力した親友、須藤求《もとむ》博士は後に語っている。

鳥巣の九大復帰第一日目、石山は彼に訓示した。

「この第一外科教室は国家から自分が預かっているものである。自分は国家の意図に沿うよう努力している。したがって、各医局員は軍隊におけると同様に、一糸乱れぬ統帥のもとに自分の指揮に従ってもらいたい」

治療も研究もすべて命令どおりに行なうことを求めたうえで、

「すでに他の医局員に対し、この第一外科の首長たる自分に絶対服従することを申し渡しておいた」

と、鳥巣にも絶対服従の宣誓書への署名を求めた。

「君の将来のことは自分の全責任をもって世話するつもりである」

いかに封建的な戦前の医学部とはいえ、宣誓署名は異例のことである。そうはいっても、鳥巣には署名する以外の選択肢はなかった。

鳥巣はそのときの気持ちを、後にこう供述している。

「私は軍隊における習慣と同様、先生の命令には絶対服従の心構えであった。また、当時は戦時中で軍医の召集がますます多く、私が学校を出たら再び軍医召集されることは必然のことであった。それで私は、私の召集解除を頼んでもらった石山先生の下で勉強したい気持ちであった。私は石山先生を信じていたので忠実に勉強するつもりでいた」(宣誓供述書)

石山外科は軍隊式

復帰した鳥巣は、医学部の雰囲気ががらりと変わっていることに驚かされた。大学自体が海軍大将百武《ひゃくたけ》源吾を総長に迎え、すっかり軍事化していた。屋上には大砲が据えつけられ、軍隊式敬礼が強要されていた。学生や若手研究者は次々と徴兵され、応召し、教授たちは軍の嘱託となり軍事医学研究に励まなければならなかった。なかでも石山教授は熱心で、積極的に軍との結びつきを深めていた。

石山は「私は九州帝国大学外科教授として畏《かしこ》くも天皇陛下からこの教室をお預かりしている。私たちはアングロサクソンと戦う使命を持っている、医学＝メスでもって！」と訓示し、学生を鼓舞し、医局自体を戦場とみなし、軍隊式の統率を行なっていた。

石山は医局員の些細な行動もチェックし、研究のために召集を免れている者に対しては、「自分の命令に従わねば軍隊にやるぞ」と言い放った。気にいらぬスタッフは容赦なく飛ばした。手術の可否、方法、助手の任命等すべて石山が決定し、必ず自身で手術を行なった。石山は「専制君主」であった。これは石山自身の性格もあるかもしれないが、若き日にドイツ留学したことも関係しているのではないかと著者は思う。留学の時期はナチスの台頭期にあたり、当時の若者の例としてファシズムの影響を受けたのではないか。

鳥巣は、教授室の隣に部屋を与えられた。同時に専門部（戦時下、九大に設けられた医師の速成を行なう専門学校）の教授にも任命され、石山の忠実なアシスタントとなっていった。

鳥巣は久留米から大学に通った。本来なら福岡市内から通勤すべきなのだが、米軍機による空襲が始まっており、建物の強制疎開（焼夷弾による火災が広がるのを防ぐために、軍の命令で市街地の民家を取り壊すこと）が行なわれている状況で、家が見つからなかったのである。毎朝六時過ぎにゲートルを巻いて自宅を出、福岡行きの急行電車に乗る。早朝であれば空襲警報にかかって電車が止まることがないからである。一日緊張して務め、帰宅は夜遅い。福岡への空襲が日増しに激しさを増し、「通勤も命がけ」である。こうした生活が一年続いた。

そんな鳥巣に一九四五（昭和二〇）年五月六日、母が卒中で倒れたとの報が届いた。鳥巣は一週間の休暇届を出し、翌七日、とるものもとりあえず故郷の村に向かった。

「捕虜は適当に処置せよ」

捕虜の運命

日本全土は米軍の空襲に晒されていた。日本軍はすでに制空権を失っていたから、米軍は、もっぱら大量の焼夷弾を低空飛行で次々と投下していく作戦をとっていた。

九州の中心地福岡でも日夜、空襲警報が鳴り響いていた。編隊で襲いかかったB-29はほしいままに焼夷弾をまき散らし、悠々と飛び去っていく。そんな状況で事件は起こった。

一九四五（昭和二〇）年五月五日はよく晴れた日であった。福岡県久留米市の郊外、太刀洗《たちあらい》飛行場を空爆した米軍編隊が帰投中、日本の戦闘機の追撃を受けた。熊本から大分の竹田にさしかかる辺りであった。一九歳の航空少年兵が操縦する紫電改が、最後尾のB-29に追いすがり、体当たり攻撃をしかけた。紫電改は火を噴きながら墜落していったが、B-29もエンジンが被弾し火を噴いた。

落ちていくB-29から搭乗員一一名（一二名という説もある、機長の記憶がはっきりしない）が次々とパラシュートで脱出していき、最後に機長が脱出した。飛行士たちは阿蘇山中、熊本県から大分県にまたがる広範な地域に転々と落下した。その模様は山あいの村人たちからはよく見えた。各地域で巡査や村長に率いられた男たちが落下地点に向かった。手に手に猟銃や日本刀、鋤や鍬を持って。

「鬼畜米兵をやっつけろ！」

怒号と暴行の中で、二人の飛行士が村人に殺された。

飛行士の死体は役所の前に一晩放置された。目撃者によれば、取り巻く村人の中から青竹を持った老女が現れて、「息子の仇！」と叫んで何度も何度も死体を打ち据え、力尽きるまでやめなかったという。その後、死体は着衣をはがされ、山の中に埋められた。衣類や靴は貴重品になっていたのだ。

生きて捕えられ、警察署や民家に連行された飛行士たちには、村人や知らせを聞いて駆けつけた軍人たちが「仇討ちばさせろ！」と襲いかかった。現地の警察官が必死に止めて、憲兵隊に引き渡した。

軍律会議もなく処刑

生き残った飛行士九名は福岡の西部軍司令部に送り込まれ、近接する仮設収容所に入れられた。三日後、機長ワトキンス中尉（二七歳）だけが東京に送られ、残りの者は仮設収容所に留め置かれた。

なぜ機長だけが東京に送られたのか、それはその年の四月、大本営から「飛行機の操縦士および情報価値のある捕虜のみは東京に送るべし。以下は適当に処置せよ」(傍点筆者)という指令が西部軍に入っていたからである(指令の日付も書類であったかどうかも特定されず。ただし多くの被告が指令はあったと証言している)。

B-29による空襲の激化とともに、墜落して捕虜となる米軍飛行士が増え、すでに東京の捕虜収容所は満員であった。情報を持っていそうな士官だけを送り、残りの兵は「適当に処置」、つまり殺せということである。

捕虜をどう「適当に処置する」かを実際に決めるのは、西部軍では参謀・佐藤吉直大佐の仕事であった。本来、捕虜は軍律会議(軍法会議に準ずる)にかけ、一般俘虜とするか戦時特別犯罪人とするかを決定し、俘虜ならば捕虜収容所に入れ、戦犯なら罰する決まりであった。しかし日本軍は軍律裁判を行なわず、捕虜を処刑することも多かった。処刑法は普通、銃殺、絞首刑などである。

大学に捕虜を引き渡して生体実験させるという発想が、普通の軍人である佐藤大佐の頭に浮かぶとは考えにくい。ここに小森卓軍医見習士官が登場する。

小森軍医見習士官

「生体解剖」の主役の一人となる小森軍医見習士官とはどんな人物だったのか?

彼は一九三一(昭和六)年九大を卒業して、第一外科に入局した。やがて、当時福岡有数の外科病院であった宮城外科病院に移った。応召して、大分の陸軍病院、ついで小倉の陸軍病院に配属された。その頃西部軍は設備の整った外科病院を必要としており、宮城外科病院に目をつけた。院長宮城順博士が亡くなったのを好機として買収し、名も「偕行社病院」とあらため、陸軍将校のための病院とした。かつて宮城外科病院に勤めていた経験を買われ、小森は副院長格として赴任し、実質的には病院を取り仕切ることになった。

九大関係者の証言からは悪魔的な人物のように想像されるが、おそらくは「死人に口なし」で、すべての責任を彼に負わせようという弁護側の方針によるものであろう。実像が浮かび上がらない。妻子がいたかどうかも不明だった。

しかし、戦争中小森がいた大分の陸軍病院に勤めていた浅原尤己《ゆうこ》さんが、貴重な証言をしてくれた。尤己さんの父は無産党の代議士であった浅原健三である。東条英機ににらまれて国外追放され上海に居住していたが、北九州では不思議にも隠然たる力を保有していた。当時、未婚の娘は動員されて工場で働かされるのであったが、浅原家の力で、尤己さんは陸軍病院職員として軍属の取り扱いをうけ、徴用を免れていた。

「小森見習士官は美男子だったよ。颯爽としていた。看護婦さんたちには人気があったね。もちろん腕がいいしね」

忘れられない思い出として、尤己さんは著者に次のエピソードを語った。

当時、小森が治療にあたっていた傷病兵の一人に、南方の前線から送られてきた兵士がいた。飢餓によって極度に衰弱していたので投薬を慎重に行なう必要があった。小森は体調を見つつ、投薬を何回かに分けて少しずつ行なっていた。その甲斐あって、兵士は回復期に入っていた。たまたま小森は出張に出ることになったので、上官である太田副院長にくれぐれも自分の処方を守ってくれるように頼んで出かけた。ところが副院長は小森の依頼を守らなかった。通常の患者に与えるのと同じ量の薬を一度に与えるよう看護婦に指示した。看護婦は仰天したが、副院長の命令は絶対である。たちまち兵の病状は悪化していった。

「最後にお粥が食べたい」という兵士の願いで粥をたきながら、看護婦は嘆いた。

「あんなに小森先生が気をつけて治療されていたのに……」

数日後、出張から帰った小森の大声が病院の廊下に響いた。

「太田はおるかっ！」

兵士が死んだのを知ったのである。

尤己さんは副院長の部屋を指さした。

軍靴の音をカッカと響かせ、「太田！」と呼び捨てながら部屋の中に入っていく後ろ姿には、自分の患者を死なせた副院長・太田少佐への怒りが燃えていた。

「少佐といえば見習士官からは雲の上の人、それを怒鳴り上げるんだから、肝が太いというか、正義漢というか……驚いたね」

尤己さんはこう語っている。

小森は自分の技量には絶対の自信を持っていた。その自信があるから、相手が上司であろうと上官であろうと思ったことを言い放つ。信頼する人には誠実に尽くすが、能力のない人間には絶対に服従したくないという性格だったのだろう。

研究者としては「天才肌」で、次々と新しい研究テーマに着目してひらめきを見せるタイプだったという。

また、尤己さんの証言では、小森は看護婦の「先生はどうしてあんなに患者さんに丁寧な治療をなさるのですか」との問いに次のように答えていたという。

「兵は国の宝だ。一人でも死なすことはできん。一日でも早く治してやって前線に復帰させるのが私たちの使命なのだ」

小森は九大時代に石山の教えを受けており、弟子の一人である。石山はこの個性的な弟子を気に入っていたらしい。偕行社病院への小森の赴任については石山も口添えしている。小森にとって石山は尊敬できる師だったのであろう、よく九大に姿を見せていた。

「捕虜を医学の研究に」

当時、九大医学部では軍からの依頼で代用血液の研究をしていた。戦場や空襲現場で重傷を負い、出血多量で死に瀕する患者が多数出ている。彼らに代用血液を注入し、血圧を上げ、輸血ができるまでの時間をもたせる。その必要性は高かった。石山第一外科では博多湾の海水を使用する代用血液の開発をしていた。本土決戦も間近い。急いで代用血液を実用化しなければならない。そのためには本格的な実験をしなければならないが、これが難しい。動物実験の材料さえ不足している状態である。まして人体となれば。それでも石山教授は二例ばかり人体実験を試みているが、十分ではなかった。しかも代用血液をめぐっては石山外科と第二外科の友田正信教授との間に競争があり、友田教授はアルギン酸の使用を主張している。

代用血液の研究だけではなく、そもそも外科学の研究も難しい事態になっていた。九大病院には空襲による負傷者が溢れている。医局員は毎日、傷の手当てに追われていて、落ち着いて研究をする暇もない。外科学の研究は手術そのものなのだ。肺や肝臓、胃腸、脳、心臓等の手術を積み重ねなければ、医学の進歩はない。

「この非常時に、肺病や癌で働き盛りの人間が倒れていく、戦場に行くべき若者が畳の上で死んでいく。これは国家の損失だよ。なんとか根治させる方法はないか、それを研究するのが我々医者の使命だ」

石山の持論である。病院は戦場、医者は戦士、患者はさしずめ砲弾か。

九大内部では、大陸の方で捕虜を使った人体実験がさかんに行なわれているという噂が流れていた。七三一部隊＝石井部隊の細菌兵器の研究である。石山教授も当然知っていたはずである。橋田邦彦文部大臣（医学博士）が米軍捕虜の死刑囚を医学の研究材料にしてもよいと訓示したという噂も広まっていた。

小森は佐藤参謀とは旧知の仲だった。佐藤が前年の暮れに交通事故に遭い負傷して偕行社病院に入院し、小森の治療を受けていたのである。その後も定期的に偕行社病院に通っていた。

上坂冬子著『生体解剖――九州大学医学部事件』によれば、四月のある日、佐藤と小森の間で西部軍捕虜収容所の捕虜の処分についての会話があった。小森から「九大に連れて行きたいから捕虜を引き渡してもらえないか」という旨の申し出を受け、生体実験を考えているのではないかと想像しつつも「いいだろう、任そう」と答えたとなっている。小森は早くから生体実験を望んでおり、機会をうかがっていたということである。佐藤は裁判では「実験手術には反対した。小森見習士官が万事はからって上の許可をとったようだ。自分は役目だから連れて行っただけだ」と主張している。

事実は逆だという説もある。東野利夫著『汚名』によれば、五月九日、小森見習士官は佐藤参謀にご馳走になり、捕虜を医学の役に立ててほしいと頼まれ、大佐という高官の命令には逆らえないと思い、動揺しながらも承知したという。最初は友人である佐田外科病院長の佐田正人に話を持ち込み拒否され、やむなく母校の石山教授に頼みに行ったという。

これでは、首謀者は佐藤大佐である。小森見習士官が九大に行く前に佐田病院長に話を持ちかけたことは事実であると、佐田自身が裁判で証言している。もし最初から九大での手術を考えていたのなら、それは不自然である。また、自殺した石山教授の遺書にはっきりと「軍の命令」と記されている。小森は大佐から捕虜の「処置」を要請され、悩んだすえ佐田に相談したが拒否されたので、出身大学に話を持ち込んだとも考えられる。この説が正しければ、佐藤大佐はなんとか責任を逃れたい一心から、死んでしまった小森見習士官と石山教授を主犯にし、自らは従犯にすぎないと主張したということになる。

しかし、別の見方もできる。

西部軍関係者は「大学の石山教授から小森を通じて医学研究のために捕虜を送るよう要請があり、佐藤大佐が承知した」旨証言している。もちろん軍の責任逃れの弁ともとれるが、石山教授の手術への関与の仕方をみると、軍に命じられてやむをえず行なったとはとても思えない。積極的に自らの研究分野のすべてにわたって実験を試みたようにみえる。貪欲にあらゆる手技を試し、弟子たちにも試させている。

新しい治療法や薬を人体で実験してみたいという気持ちは多くの医師が持っていると聞く。小森は以前から捕虜を使った生体実験を考えていたと、手術に協力した解剖学主任教授平光《ひらこう》吾一も述べている（平光吾一「戦争医学の汚辱にふれて」）。

その裏に石山の意向があったのではないかと著者は推測する。患者を使っての海水注射の実験に成果を上げていない石山は、もっといい実験材料がほしいという気持ちを小森に漏らしていたのではないか。石山に忠実な小森はその意に沿って動いたとは考えられないか。四月の時点で小森が佐藤と捕虜引き渡しで合意したことは石山も承知していたはずである。それは、この間の時間的経過を見てみると浮かび上がることである。

一九四四（昭和一九）年
一二月　偕行社病院の発足＝小森の赴任
同月　佐藤大佐負傷、偕行社病院で治療、主治医の小森と親しくなる
一九四五（昭和二〇）年
四月某日　捕虜を適当に処分せよとの指令届く
　小森が捕虜を渡してもらえないかと提案し佐藤が承諾（佐藤供述書）
五月五日　阿蘇山中で米軍飛行士捕えられる

六日　捕虜を西部軍に移送
七日　第一外科西村講師の送別会で「捕虜の手術をやる」と石山教授が語る（仙波嘉孝特別研究生の軍事法廷証言）
九日　ワトキンス機長が東京へ移送
一〇日（？）　小森が佐田医師に実験手術のために病院を貸してくれと頼み、断られる
小森が石山教授に電話し実験手術の話し合いがなされる
一一日　石山教授が平光教授に解剖実習室を貸してくれと依頼（東野利夫『汚名』）

実験手術に関する書類は西部軍と九大がともにすべて処分したので、細かい日時は証言を突き合わせることで特定された。しかし裁判では特定されなかった日付が二つある。一つは第一外科西村講師の送別会の日時である。この日、石山が捕虜の実験手術の予告をしたという。今一つは、後述するが、佐藤参謀が手術に参加した医局員を慰労した宴会の日時である。この二つは弁護団によって故意に曖昧にされたと思われる。

西村講師送別会の日付と出席者が特定されなかった理由は、出席して実験手術を事前に知りながら参加したとなれば、自由意思での参加となり、罪が重くなるからであろう。

しかし、西村講師送別会は五月七日であった。西村講師自身もそう証言していると、森良雄講

師が一九四八(昭和二三)年七月一九日の法廷で供述している。また、鳥巣も再審査嘆願書で七日であったと述べている。鳥巣は前日に母が倒れたという電報を受けて七日の朝早くに郷里に発ったので、出席していない。送別会に出席すべきところを親の看病のために欠席せざるをえなかったことで、鳥巣の記憶に強く残ったとみられる。

七日は捕虜が西部軍に連れてこられた翌日である。捕虜が着いたばかりの時点で石山は実験手術を「やる」と言っているのである。以前から少なくとも佐藤と小森の間の「捕虜引き渡し」の話を石山は承知していたと考えるのが自然である。

捕虜の取り調べが終わり、ワトキンス機長が東京に移送され、残りの捕虜は「適当に処置」することになった時点で、小森は石山にいよいよやるという連絡を入れたと考えられる。

次に問題になるのは、どこで手術するかということである。石山は第一外科での手術は考えていない。第一外科は米軍空襲による負傷者でいっぱいであり、米軍捕虜を見られたらどんな騒ぎが起こるかわからないから使えないと平光教授らに述べているが、この時点ではやはり人目をはばかる意識があったと考えられる。目立たないように、市内の九大関係者の病院を使おうと考えた。石山教授が九大の外の病院で手術をすることは珍しくなかったと鳥巣が証言している。

そこで第一外科の出身であり友人でもある佐田医師に小森が声をかけたのであろう。しかし断られてしまった。九大でするしかない。

これは実験手術だ

密談

五月一〇日頃、石山教授は小森からの電話を受け、捕虜の手術について話し合いを持ったと占領軍の取り調べ時に証言している。師弟の間にどんな会話が交わされたのか知る術がないが、具体的に生体実験の計画を立てたと考えられる。

石山教授専門の胆道系を含む消化器系統の手術、肺切除術。さらに心臓手術。石山は岡山医大時代に心臓外科の先駆けとなった榊原亨博士に助言をしたこともあり、大きな関心を持っていた。もちろん、海水の使用実験も徹底的に行なって代用血液の実用化を実現する。軍からは癲癇の研究も頼まれている。石山は脳の専門家ではないが、解剖学の平光吾一教授は脳解剖の権威だった。平光教授の協力も要請する……こうして生体実験手術の計画ができ上がっていったのではないか。

手術に関与した平光教授の証言によれば、「心臓、脳、全肺切除手術などは……当時では……『世紀の大手術』であった。と同時に、この三点は外科医学の最大の研究課題でもあった」(前掲「戦争医学の汚辱にふれて」)

健康な人間の生体を使って最新の手術法の実験をする。それだけではない、生きた心臓や脳を取り出して研究する。MRIもエコーもCTスキャンも人工心肺もない当時、生体実験は外科医にとって文字どおり悪魔の誘惑だったのかもしれない。

解剖実習室

石山が決して受け身ではなく、積極的に手術を行なおうとしていたことは、その後の行動の素早さからも推察される。彼は早くも翌一一日に実験手術の場所の確保に動いている。

病理学教室の実習室と解剖学教室の実習室が候補になった。

教授はまず病理学教室に向かった。病理学教室の大野章三教授は医学部長で、医学部全体を管理している。この実験手術自体の許可を取る必要もある。

医学部長は最終的には実験手術に同意したと思われる（森良雄の再審査嘆願書での証言「学部長が許可したと信じている」）。しかし病理学の実習室は使わせなかった。幾分かの危惧を感じていたからであろう。解剖学の部屋の使用を勧めたという。

そこで石山教授は解剖学教室の平光教授に連絡を取った。平光教授は一九二九（昭和四）年から教授を務めているベテラン教授であり、解剖学の日本的権威の一人であった。

平光教授の証言によれば、捕虜の手術に解剖学の実習室を貸してほしいとの電話の後、石山が直接訪ねてきた。軍の依頼命令でやる、医学部長の了解も得ている、手術用機材もスタッフも自分たちで用意するから貸してほしいと頼んだ。

なぜ自分の所でやらないのかと不審を抱いた平光に対して、「第一外科はB-29の爆撃で傷ついた患者でいっぱいである。その病棟で捕虜の手術をするのは危険だから」と説明した。平光教授が承諾すると、「明日よろしくお願いします」と出て行ったという。

実際には、手術は数日後、平光教授の留守中に始まった。空き巣狙いのようだったと教授は述べている(前掲「戦争医学の汚辱にふれて」)。

平光教授は、実験手術だとは知らなかった、軍命令の手術に部屋を貸しただけと主張する。

軍の命令を断ればかろうじて得ている研究費も出なくなり、患者の命を救うための研究ができなくなる。それどころか、軍の意向に逆らうものとして仮借ない弾圧を加えられるかもしれない。大学の中には軍人が自由に出入りし、「唇寒し」の空気がはりつめている。軍の命令は天皇陛下の命令であり、絶対のものだ、逆らうなんてとんでもない。平光教授がそう考えて承諾したとしてもおかしくはない。だが、「解剖実習室での外科手術」という異様な提案に不審を感じながら、つきつめて聞こうとしなかったのは以心伝心の了解が成立したからかもしれない。あるいはもっと具体的な会話があったのかもしれない……。

とにかく、手術の場所は決まった。

手続き

軍内部の手続きは小森見習士官と佐藤大佐の仕事であった。西部軍吉村稔中佐の裁判証言によれば、五月の半ば、軍の嘱託医である九大の医師による捕虜の実験手術の許可願が、陸軍大臣宛に出されたという。この書類はもちろん発見されなかったし、証言も曖昧で詳しいことは何一つわからない。しかし、軍内部で手続きがなされ、正式な命令が下りて捕虜の九大移送が行なわれ、手術そのものにも複数の西部軍将校が立ち会ったことは、まぎれもない事実である。

五月一一日、佐藤参謀から捕虜移送の正式な連絡が小森見習士官を介して行なわれた。軍と大学とで実験手術のためのスケジュールが調整された。第一回目は五月一七日、第二回目は二二日、第三回目は二五日、四回目は六月二日に行なわれることになった。

公然の秘密

前述した五月七日の第一外科西村講師の送別会で、石山は「アメリカ人捕虜の手術を行なうぞ」と告げ「小森が捕虜を連れてくるので、実験手術をやる」と説明していた。さらに「捕虜に当て身をしてみたいな」と言ったという。石山は柔道が趣味だった。

この時点では、手術のことを知っているのは医局員に限られていたようであるが、手術場所が決まってからは「実験手術」の情報は広く学内から学外へ広がっていった。大野医学部長の許可を得たことは大学医学部の許可を得たということである。実験手術は秘密でも何でもなくなった。手術日も場所も明らかにされた。

第一外科の森良雄講師は、公判では語ることができなかったとして、再審査に際して次のように述べている。

「(実験手術は)当時大学内では公然の秘密というべき状態であった。(戦後)法廷に来た大学関係の証人たちが『知らなかった』『現場に入れなかった』とか言う理由は、事件に無関係でありたい気持ちや大学の立場を現在になって考慮する気持ちに基づいている。私は大学当局も当然関係しているものと確信していた。私自身、秘密厳守を当時命じられた覚えはない。軍のトラックも専門部事務局玄関近くに堂々と到着した。(捕虜が連れ込まれた)解剖学教室裏といわれている道路は、学生、一般人の交通の激しい道路である。

また、解剖実習室は三方ガラス窓で外から直に中が見える。

現場には法医学の北條晴光教授、三宅徳三郎教授(小倉医専)らもいた。私はこの二人を少なくとも二回、確実に見た(手術日や場所が明らかにされていなければ見学に来ることはできない＝著者注)。(のちに鹿児島医専に)赴任の挨拶に回ったとき、この手術について先方から話しだした教授もいた。細菌学の戸田(忠雄)教授、皮膚学の皆見《みなみ》(省吾)教授を覚えている。

また、福岡県医師会の代表議員である田原博士から、石山教授が医師会の会合でこの手術(のこと）を語ったと聞いた。彼は五月一八日（一回目の手術の翌日）に聞いたと思われる」（森良雄再審査嘆願書。資料ナンバー 775025）

石山教授の友人である仙波嘉清氏（仙波嘉孝特別研究生の父）も、著書『生体解剖事件』の中で、「噂のひろがるのは早いもので、他の大学のＪ教授、Ｆ教授、関西のＭ外科博士も立会していたようであった、しかしこの立合者の名前はいわゆる戦犯者たちが口をそろえて秘密にしたため、横浜裁判の検事団の知るところとならず、起訴されずにすんだ。……これらは極秘裡とは名目だけで、ほとんど衆人環視の中で行なわれたようであった」と述べている。

「解剖実習室で珍しい手術がある」「捕虜の実験手術が行なわれる」――噂は広がっていった。

生きた人間の体を切り開いて様々な手術を行なうことには、臨床医として研究者として大変な魅力がある。もちろんそれは禁じ手、平時ならば……しかし今は戦時、相手は毎日我々の上に焼夷弾の雨を降らせる憎き敵兵である。殺しても飽き足らない、いやどうせ軍に殺される連中だ、医学の役に立つならこの上ない。どれほど研究に貢献するか計り知れない、そんな手術は二度と見られないはずだ。この機会を逃してはならない……こういう心理が医師たちを解剖実習室に引き寄せたにちがいない。

生体実験は九州大学医学部で公然と行なわれたのだ。

一回目の実験手術

五月一七日、通訳を連れた小森見習士官が仮設収容所に現れた。通訳を介して、負傷している飛行士に「治療をするため」、もう一人の飛行士には「正式の捕虜収容所に移す前に予防注射をするため病院に移送する」と告げた。二人は素直に従った。外には佐藤大佐以下一〇人ほどの将校、兵士がトラックで待っていた。

その少し前、九大では平尾健一助教授が石山教授に呼ばれていた。

「捕虜となったB-29飛行士の手術を解剖室で行なうから、手術の準備をするように。他の医局員にも伝えるように」

平尾は解剖室での手術に奇異の感をもって、理由をたずねた。

「敵国の人間の手術が外科で行なわれると、外科病棟近くの患者が大騒ぎになるからだ」

という答えだった。秘密にせよという命令はなかった。

続いて、石山は鳥巣を呼んだ。母親の容態が落ち着いたのを見届けて三日前に佐賀から帰ったばかりである。

「今から軍に頼まれた手術をやる。アメリカの飛行士で肺の銃創を受けている。小森が診ているんだが、手術が必要だ。手伝いをしてもらう」

石山は学外から頼まれた手術を外に出て執刀していたことも多かったので、

「どこで手術するのですか」

と鳥巣はたずねた。

「平光先生のところでやる。平光先生に相談してあるから。うちは患者が多いから都合が悪い」

石山は繰り返し、「軍の命令だから」と言った。軍の命令であり、治療のためと鳥巣は信じた。軍病院で手術を行なったらよさそうなものとも考えたが、多分、難しい手術で軍医では手に負えないのだろうと推量した。例の送別会に出席していない鳥巣にはなんの予備知識もなかった。

一方、解剖学教室では平光教授が直属の専攻生・五島四郎を呼んでいた。

「外科が捕虜の手術をうちの実習室でやりたいと言っている。結果が悪くて万一捕虜が死んだら、脳の標本をつくりたいから、脳を摘出してくれ」

五島は驚いた。解剖学教室に入って半年も経っていない。

「先生、僕はまだ脳の摘出はしたことがありません」

平光教授は脳の摘出方法を五島に教え、大学院研究生の笠幹《りゅうみき》と一緒に実行するよう命じた。

午後二時頃、捕虜を乗せた軍のトラックが九大の門をくぐった。車は広い学内を突っ切り、松の植え込みがある中庭に入って止まった。

二人の捕虜がトラックから降ろされた。目隠しをされ、手錠を掛けられ、両脇を兵士に支えられていた。すでに予備的な麻酔注射がされていたので足取りもおぼつかない。解剖実習室の裏口から連れ込まれ、更衣室に入れられた。時計は二時半を回っていた。

実習室では第一外科の医師と看護婦が待ち受けていた。他学科の教授も何人か見学に来ていた。なかには他大学の研究者も含まれていた。解剖室のガラス窓からのぞいている者もいた。

小森見習士官が解剖実習室に入ってきて、石山教授、鳥巣助教授、平尾助教授と一緒に手洗いをはじめた。

「捕虜は撃墜されたB-29の搭乗員です。ここに来る前に基礎麻酔を打ちました。まだ、効果は出ていません」

「もっと注射をすべきだな、森君、してきなさい」

「通常の注射でいいのでしょうか」

「そうだ」

森良雄講師は急いで出て行った。

間もなく担架に乗せられて捕虜が運ばれてきた。右肩近くに数個の弾痕があった。「肺の盲管銃創です」と小森が説明した。医師たちは型どおり傷の消毒を行なった。

石山教授が「弾丸が貫通した際に肺に損傷を受けているかもしれないので、肺を見るため手術を行なう」と宣言した。レントゲンもかけていないので貫通したかどうかはわからないのだが。

教授の一言で、完全武装の軍人や、縛られた捕虜の姿に驚きと動揺を感じていたにちがいない医局員たちは、さっと気持ちを切り替えた。石山の手元にすべての視線が集中した。執刀は石山教授、助手は小森見習士官。鳥巣助教授、平尾助教授も手伝った。第一外科の他の医局員・看護婦も参加した。皮膚を切開し、筋肉部分を切り開き、肋骨を切断し……通常の手術の段取りどおりに進んでいったが、なんといっても異様なのは着剣し参謀憲章をつけた高級将校二人が立ち会っていることである。鋭い目ですべてを監視している。法医学の北條教授、小倉医専の三宅教授らも見守っている。

石山は小森に手伝わせて手術を進めていった。鳥巣と平尾は切開創を開いておくために「鉤引き」(切開箇所を器具で引っ張っておく作業)をしたり、流れる血を拭ったりした。胸膜が開かれ、空気が流れ込んで、飛行士は激しくせき込み出血した。そのたびに手術は中断したが、気管支を血管から切り離し、血管を結紮《けっさつ》し、気管支を切断した。ついに右肺全部が切り離され、取り出された。少し硬化しているようだと平尾は観たが、外傷によるものではない。

鳥巣は初めて不審の念を抱いた。肺の切除をやる必要があるのだろうか？　しかし手術中はみだりに自分の意見を出すことは許されない。手術中必要な処置は手術者の命令によってのみ行なわれる。この命令服従の関係は患者の生命に関わることであるので、医師にとっては絶対的なものであった。それに石山教授は肺手術の権威でもある。切除すべき根拠があるにちがいない――。

飛行士はみるみる弱った。そこに代用血液である海水が注射され、飛行士は持ち直したかに見

えた。石山は佐藤大佐に向かって、

「ただ今飛行士に注射したのは海水溶液の代用血液です。このように、非常に効果があります」

と説明した。

ついで縫合に入った。手術終了である。

片肺を奪われた飛行士はまだ生きていたが、今にも呼吸は止まりそうである。飛行士の右側にいた鳥巣はとっさに胸の下部に両手をあてて人工呼吸を試みた。医師としての衝動的動作だ。だが、それは無駄なことだった。飛行士の左側に立っていた小森見習士官が、すっと手を伸ばし、自ら縫合した糸を切りほどいて傷口を再切開したのだ。「生かしておくわけにはいかなかった」と後に語ったという(佐藤吉直供述書)。

鳥巣は悟った。これは実験手術だ!

殺された飛行士はすぐさま別の台に移され、二人目の飛行士が手術台に運ばれた。見たところ傷もないような身体であるが、教授は消毒を命じた。

「肺の手術を行なう」

鳥巣は従った。服従の習慣はあまりにも身についていた。そして、目の前に立つ将校、彼らが連れている武装した兵士。

そのとき解剖実習室の主、平光教授が部下を連れて入ってきた。様子を見ている。石山教授は手術を助手に代わらせて平光教授に近づいた。血だらけの手を差し出して、「こちらが西部軍の佐藤大佐です」と紹介した。二人は簡単に挨拶を交わした。平光教授は短時間で引き上げた。しかし、何が行なわれているのか理解するには十分な時間であったはずである。

第一の捕虜と同様の手順で進み、右肺上部三分の一の切除が行なわれた。平尾と鳥巣は取り出された飛行士の肺にまったく異常がないのを確認した。手術が終わったとき、若い飛行士は息絶えていた。

時計は三時半を回っていた。そのとき、小森見習士官が不思議な行動をはじめた。第二の飛行士は切開創を縫合していなかったので、開いたままの胸の中に大量の血がたまっていた。それをすくい取って持ち帰ろうとしている。びっくりした医局員が尋ねた。

「血をどうするのですか?」

「南京虫よけに使う」

本当だろうか? だが誰もそれ以上追及しなかった。

手術後の手洗いの際に平尾は小森に尋ねた。

「捕虜はかなり衰弱していたようですね、すごく麻酔が効いていました。何を使われたのですか」

小森は平尾の先輩である。

「連れてくる前にナルコポン・スコポラミンの一・五五~二・二ccを単回投与したよ」

「それはまた、ずいぶん多い。危険ですね」

通常の五倍である。

「別に気にしてないよ。まあ自分のしたことは気にしてるがね」

小森は意味不明の答えをした。

平尾と鳥巣、他の医師たちは一斉に部屋を出た。捕虜を運んだトラックはすでに返されており、将校たちも素早く立ち去った。後には二体の死骸が残された。これ以後は解剖学科の医師たちの出番である。平光教授は姿を見せなかったが、その指示で通常の死体解剖と同じ作業が行なわれた。あらゆる臓器の標本が採取された。実験動物さえ入手困難な時期である、新鮮な人体は解剖学教室にとっては貴重であった。空っぽになった死体は棺に入れられ、後日、学内の火葬場に送られた。


「あなただけは参加なさってはいけません」

鳥巣は、日頃口数は少なく家で仕事の話はあまりしないが、難しい手術が上手くいったときなどは外科医の喜びをしみじみ味わっているという風で、機嫌よく話をすることも多かった。その夜の様子は異常だった。暗く深い思いにとらわれているのを蕗子は感じた。

「大学を辞《や》めようかと思う」

「えっ?」

「石山外科で助教授として先生にお仕えすることはできん」

先生のおかげで九大に戻れたと感謝しておられたのに、いったいなぜ?

「今日、大学でアメリカの捕虜の手術があった。先生が執刀されるので、手伝えというご命令で、もちろん治療のためだと思った。何も知らんかったからな。手術が始まって、いつもどおり鉤引きをしたりしながら、執刀を見守った。ところが、手術は必要のない手術だった」

鳥巣は詳しいことは口にしなかった。

「それ以上の手伝いをする気には、なれんかった」

いつもだと第一助手を務める立場である。

1940年頃の鳥巣蕗子

「捕虜は?」

「死んだ……。助教授でなければ、あんな手術を手伝う必要はなかった。今日ほど大学を辞めたいと思うたことはない」

蕗子はあまりのことに言葉も出ない。長く重い沈黙が続いた。

「しかしなあ、お許しは出んだろう」

ため息とともに鳥巣はつぶやいた。

辞めたければ勝手に辞めればいい、というのは今日の感覚である。当時、教授の意向に逆らって辞表を出したりしたら、他学へ移るのはもちろん、開業さえ難しかった。二人の男の子がおり、乳飲み子もいる。生活がかかっているのだ。

しかし、蕗子は黙っていられなかった。捕虜に必要のない手術をして死なせるなんて許されることではない。なんということに夫は巻き込まれたのだ……。

「手術はまたあるのですか?」

「……」

「石山先生がまた捕虜の手術をされるようなことがあっても、あなただけは決して手術に参加なさってはいけません! もし私が、米国軍人の妻でありましたなら、なぜ夫は手術されたのだろうか、手術されなかったら自分の夫は死ななかったかもしれないと思います。戦争の最中でも、米国軍人の捕虜を医学の研究に使ってはいかんと思います。戦場で軍人が殺されるのは仕方ありませんが、手術で死んだらお気の毒です。どんな理由があっても、あなただけは捕虜の手術に参加なさってはいけないと思います」

妻の言葉は鳥巣の胸に深く刻み込まれた。

二回目の手術

五月二二日の昼過ぎ、石山教授は再び手術の準備を命じた。

「今日は二人か、もしかすると三人手術できるかもしれん」

また捕虜を医学研究の材料にする？　鳥巣は愕然とした。しかし教授はやる気満々で、ごく当たり前の手術をするかのように話している。助教授、講師たちのうちの誰一人として疑問を口にする者はいない。だいたい、石山教授の命令に逆らうなんて考えられない教室の雰囲気である。内心いやだと思っていても、口に出そうものなら「親父」（医局員は陰でそう呼んでいた）の怒りが爆発する。

鳥巣も黙って自室に帰った。助教授であるから、教授の命令を下級の医局員に伝えなければならない。その中には、先日の手術の後、そっと近づいてきて、「こげな手術はもうないようにしてもらえんですか」とささやいた若い研究生もいた。あの野川にも命令しなければならない……。

「あなただけは、参加なさってはいけません！」――蕗子の必死の言葉がよみがえった。教授にお願いして手術をやめてもらおうと鳥巣は決心した。教授に諫言するのは非常に勇気のいる行為だった。このときのことを鳥巣は後にこう語っている。

「当時は所用で教授室へ入るのさえ胸がドキドキした時代でした。ましてや教授の行動を批判するために出かけていくということがどれほど神経の緊張することであったか、おそらく今の人

には想像もつかんでしょうね」（上坂冬子『生体解剖——九州大学医学部事件』所収の「いま、当事者は語る」より）

「手術の中止を！」

教授室に入った鳥巣は勇気を振り絞って聞いた。

「先生、また、先日のような手術をなさるのですか？」

実験手術とは言えなかった。石山はうなずいた。

「あのような手術は軍病院ですべきではないでしょうか。もし手術に九大が関係しとるいうことがわかれば、後で大変なことになると思います。捕虜は軍のものです。軍の方で適当に処置すればよいのではないでしょうか」

教授の顔色がさっと変わった。

「この手術は自分が軍から直接依頼を受けてやるのである。君らはわしの命令に従えばよいのだ。あれこれ言う立場ではない」

「捕虜を大学に連れてくることはやめるように軍に話してください。先生の言うことなら軍も聞くと思います」

「何を言うか、先ほど軍から『捕虜を連れて来ている』と電話があった。いまさらやめられるか！」

なおも言い募ろうとする弟子に向かって、怒りもあらわに、

「これは軍の命令なのだ」

それは絶対の切り札だった。

「手術をするから手伝え！」

引き下がるほかなかった。

その場には小倉市立病院の田村忠雄医師も来ていた。

自室に戻っても動く気になれなかった。もうすぐ、手術が始まる。始まる前に医局員全員が整列していなければたちまち不機嫌になる教授であることはよくわかっていたが……。

一方、平尾助教授は手術の準備に忙しく立ち働いていた。助教授は教授の命令に従うのが義務である。部下たちに命令を伝えた。野川研究生が参加したがらなかったが、平尾は叱りつけて準備をさせた。

画期的実験

午後二時過ぎに実験手術は始まった。前回と同じく十数人の医師・看護婦が参加している。二人の飛行士が連れてこられ、手術台に移された。

石山教授は森良雄講師に胃の全摘を命じた。森は月末に鹿児島医専に赴任することが決まっており、少しでも経験を積ませるためであった。助手は平尾が務めた。開腹から大網膜の切り離しまで森講師が行ない、そのあと小森見習士官に代わった。

小森は「宮城式胃切除を行なう」と宣言した。平尾と森に手伝わせながら胃を完全に摘出した。その後空腸を食道に接続した。術式は完璧で、捕虜はまだ生きていた。しかし左胃動脈からの出血が始まった。海水注射が実施されたが、急速に弱っていく。

ここで石山が「心臓マッサージをしよう」といってメスをとった。胸を切り開き、肋骨を持ち上げ、手を心膜の上下にさし入れて心臓マッサージを行なった。心臓は動き始める、マッサージをやめると止まる。これを二、三回繰り返してみせた。さらに心臓を露出させて切開・縫合を行ない、周りに声をかけた。

「心臓の縫合はこのように行なう。けっして難しいものではない。君たちもやってみたまえ」

心臓手術の実験・実習である。森講師が試みている間に飛行士は絶命した。胸は縫合され、腹部は開かれたままの遺体が解剖台に移された。摘出された胃には軽い胃炎の兆候が見られただけだった。摘出するべき状態ではなかった。

二人目の飛行士が手術台に横たえられた。この飛行士は麻酔の状態が悪かったので手術にかかるのが遅れていた。このとき、平光教授が顔を見せた。

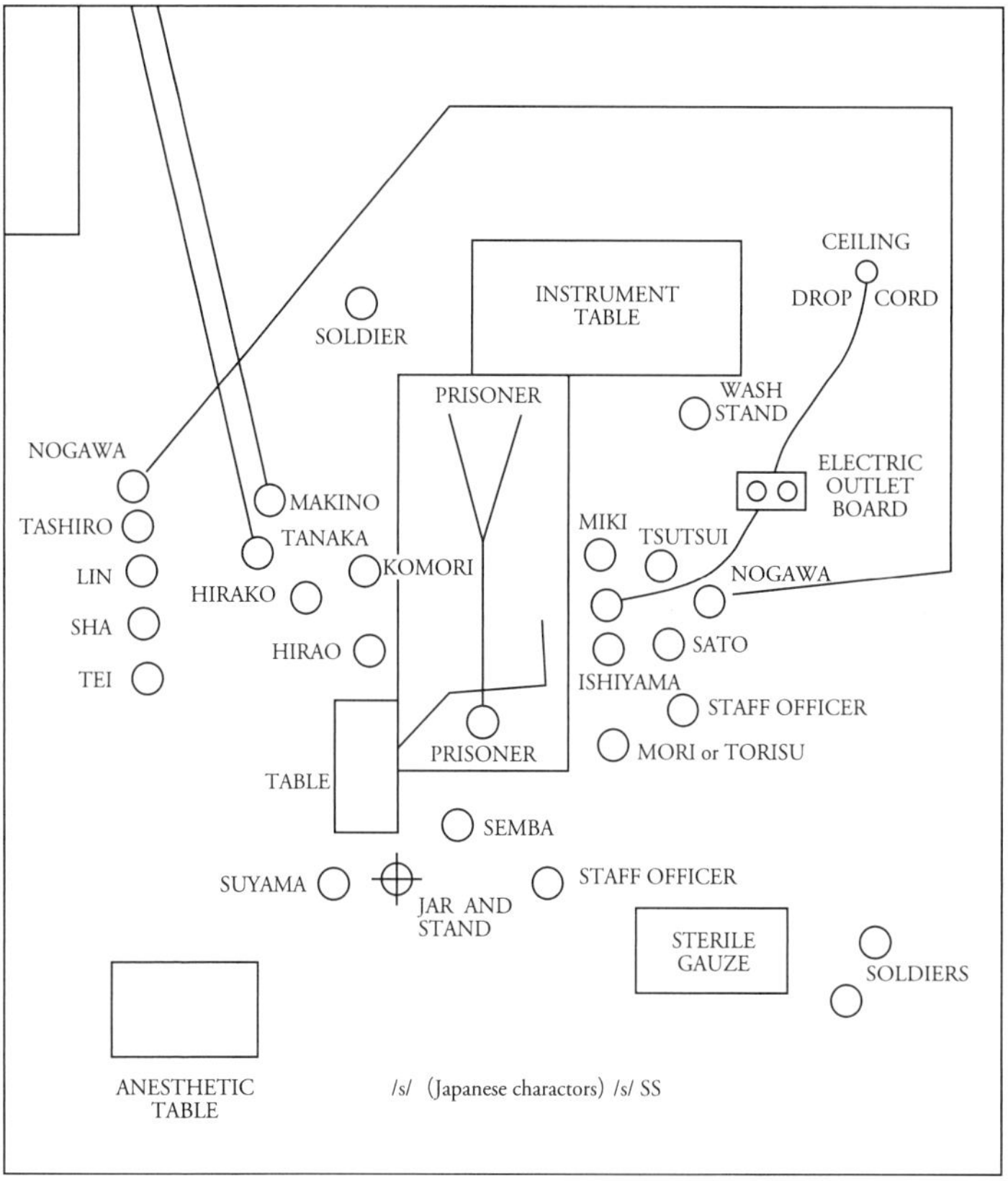

第２回目の手術から参加した看護婦の証言に基づく手術の見取り図
（これは第２回目のものと思われる．公判資料をもとに作図）

この間、鳥巣は助教授室で煩悶していた。この場から逃げ出したかった。しかし無断で帰ったことがわかったら、どうなる？　自分は助教授だ、教授の助手をするのは義務だ。

石山の命令には逆らえない。それに「軍の命令だ」。軍に反抗することは恐ろしかった。出征する兵士の見送り人が、「どこへ行くんでしょう」と尋ねただけで憲兵から殴り飛ばされた――陸軍病院に勤務していた頃見た光景である。まして逆らいでもしたら、どんな目に遭わされるか？　反軍演説をしたというので憲兵隊に拘引された市会議員の話も聞いている。義妹百合子の姻戚の中野正剛は、現職の国会議員でありながら憲兵隊に拷問され、自殺していた。

「教授は軍の命令でやむなく手術されているのだ」

召集の経験がある鳥巣は、立ち会いの参謀が西部軍司令部の高官であることはすぐわかった。彼らが兵を率いて来ているということはとりもなおさず、この手術が軍の行為であることの証拠であると考えた。そして参謀たちが民間人に対して強大な権力をふるっていることもよくわかっていた。

ふと、時計を見ると三時を回っていた。手術が始まってもう一時間たっている。前回は一時間ちょっとで終わった。「もう終わっているかもしれない」。鳥巣はふらふらと立ちあがった。足は解剖実習室に向かっていた。

期待は甘かった。鳥巣が手術場に姿を現したとき、遅れていた二人目の捕虜の手術が始まろうとしていた。石山、平光、森、平尾その他の医師、看護婦が捕虜を取り囲んでいる。遅刻して現れた鳥巣を他の人々はどう思ったのだろうか。

「鳥巣君！　早く消毒を」

石山教授の声が飛んだ。鳥巣はほとんど反射的に命令に従った。拒むことはできなかった。「なぜ、のこのこ入って行ったのか」「なぜ逃げ出さなかったのか」——悔やんだのは後のことである。室内には今回も参謀将校が二人、ドアには武装兵士が監視をしている。威圧感が漂い、騒ぎなど起こせる雰囲気ではなかった。

それればかりではない、医局員たちはまったくいつもと変わらぬ動きをしていた。森講師の回想（「求め得た光明の世界」）によれば、「手術衣を纏《まと》い、マスク・帽子をつけ、看護婦たちに至るまで手術台上に白手袋を急がしく動かせていたあの時、蔽われた敷布から僅かに局所を現したまゝ昏々と眠りつゞける『敵兵』の身体をめぐつて、誰もが与えられた部署を真剣に守り、張りつめた気持で主任術者の手に光るメスの運行に従つていた。その気持は、無影灯下における救命の手術と何の異るところはなかつた。次々と進む操作にのみ気を奪われ、そこにあるものはたゞ如何にこの『患者』の手術を完全に終了せしめるかの意識だけであつた。これは実に奇妙な錯覚と云われるかも知れないが、少くとも外科医たる人には誰にも理解され得るものだと思う」

通常の手術と同じ感覚であれば、教授の見せる手技に感動している雰囲気さえあったはずである。手術に嫌悪感を持つ鳥巣の方が異分子だったのかもしれない。

二人目の捕虜の上腹部が切開され、胆のう摘出、肝臓の左側を切除した。この分野は石山教授の専門領域の一つである。当時、日本で肝臓の摘出手術の例はなく、これが最初の実験だったという。取り出された肝臓に異常がないのを鳥巣は確認した。海水注入の実験も行なわれたが、捕虜は短時間で絶命した。

教授を助ける気になれない鳥巣はひたすら消毒したり、ガーゼを渡したりする補助的な役割に専念した。手術が終わるや否や、部屋を出た。他の外科医たちも続いた。小森見習士官は血液と肝臓を持ち帰った。これが後に、医師たちが肝臓を食べたという米軍によるでっち上げ事件「人肉試食事件」につながる。

平光教授はいつの間にか姿を消していたが、手術中に解剖学教室の医師たちが入室してきており、遺体から競い合うようにして標本を採取していた。

宴会

その日の夕方、石山が助教授二人と森講師に声をかけた。

「偕行社で佐藤大佐と小森が夕食に招待したいと言って待っているから、来てくれ」

「偕行社」は旧陸軍の相互扶助や親睦事業を行なう団体であるが、福岡のそれは、もともとは大学の近くにあった「一方亭」という一流料亭であった。他の手術のときも慰労の宴会はときどきあった。一般市民が芋の蔓を食べていた当時、ここでは完璧な和食のフルコースと本物の酒が出たという。その夜も豪華な膳が並んだ。

「佐藤大佐、こちらが助教授の鳥巣です」

「お世話になっとります」

貫録を見せて参謀が挨拶した。

「鳥巣であります」。そして思わず言ってしまった。「手術した捕虜が死んだのは残念です」

「いやあ、ご心配はいりません。やつらは無差別爆撃の犯人、戦争犯罪人であります。司令官殿の命令で死刑と決まっておりました。処刑の一つの方法として、大学に手術をお願いしたわけで」

つまり九大が処刑場になったということである。医師たちは死刑執行人！　今日まで医師として命を助けることを使命としてきた、人を殺す訓練は受けていないと鳥巣は思った。

石山、小森も全員に向かって同様な説明をしている。

さらに石山が、「今日は森君に胃の手術の一部をさせた」と言った。鹿児島赴任への餞《はなむけ》である。森もうれしかったにちがいない。一部でも教授から手術を任されるのは講師にとっては光栄なことだ。心臓の切開や縫合という大変な経験もさせてもらったのだ、感謝しない方がおかしい。外科医にとって何例執刀したかというのは大切な経歴だった。今でも手術数が病院のランクづけの大きなポイントとされるほどである。

森講師の中には実験手術への疑問はなかった。彼はこう語っている。

「両手を背後に手錠で締められて斬首場に曳かれゆくべき『敵機搭乗員』が、それに代つて手術台上で何らの苦痛なく無意識裡に死んでゆく姿を眺めつ丶、これは変な云い方かも知れないが、私は寔《まこと》に安らかな死だと思つた」(前掲「求め得た光明の世界」)

石山は酒豪で聞こえた人である。滅多に口にできなくなっているご馳走に機嫌よく杯を重ねた。席の話題は空襲や戦闘機の話に移った。通常の宴会と変わらぬ雰囲気で、夜は更《ふ》けていった。

帰宅した鳥巣は蕗子に「またあった」と言った。

「先生にやめるようにお願いしたんだが、ダメだった」

三回目の手術

三日後の二五日、また捕虜の手術が行なわれた。今回は脳の手術である。前述のように、石山教授は癲癇治療の研究もしていた。当時、脳の外科手術は前人未到の領域である。軍からの依頼でもあった。戦場で頭部を負傷した兵士に癲癇の後遺症が出るケースがあったのである。その原因を突き止め、治療法を開発したい。そのための実験である。

三回目の手術に驚く医局員は誰もいなかったようである。むしろ脳の手術という未体験ゾーンに胸躍るものがあったのではないか。執刀者は石山、主助手は小森である。脳の専門家・平光教授にも連絡をして参加を促していた。

癲癇の原因は間脳の下にある黒質にあり、これに刺激を加えると起こるという説が当時はあった。そこで石山教授は頭蓋骨を開いて脳を探りながら、手術場に入ってきた平光教授に三叉神経の基点について尋ね、さらに「黒質の位置はどの辺ですか」と質問した。平光教授は研究室に戻り、脳の固定標本を採ってきて説明した。「その方法では黒質には到達できないと思うよ」。生きた脳をつかんで、研究者同士の会話が交わされるなかで、飛行士は弱り、絶命していった。

この日、鳥巣の姿は手術場になかった。

手術に先立って、石山教授は鳥巣に「また手術を行なうから助手を務めてもらう」と告げた。

「また手術があるのですか。やめることはできませんか」

鳥巣は懇願したが、もちろん受け容れられるはずはなかった。やむなく、

「今日の午後は専門部の時間割会議がありますので、それに出席しなければなりません」

明らかな口実である。しかし教授は意外にも手術参加を強制しなかった。いやいや手伝われても戦力にはならない。第一外科の他の医師たちは生体実験がまるで通常の手術であるかのように懸命に協力していた。疑問や反抗を表す者はいない。噂を聞いて他から見学に来た医師さえいる

のである。石山教授は貴重な実験をしている、最新鋭の手術法を試している、最高の手技を披露している……。石山は鳥巣について「こんないい機会はないのに、何にこだわっているのか、馬鹿な奴」ぐらいに思ったのであろう。

鳥巣は虎口を逃れた思いであった。早速専門部に赴いた。しかし、会議は比較的短時間で終わってしまった。

困った、どこで時間をつぶすべきか。まさか、助教授室には帰れない。

ここで鳥巣は、同じ専門部の教授(九大本学の助教授にあたる)貫文三郎《ぬきぶんざぶろう》に声をかけた。

「先生のお部屋に伺ってもよいですか」

貫は大学薬理学教室の助教授であるから同格にはちがいないのだが、鳥巣よりも年長であり、鳥巣は彼の温厚な人柄を慕っていた。博士論文の作成をしていた頃薬理学上の助言を受けたこともあり、海水研究に際してもいろいろ示唆を受けていた。

「いいよ、久しぶりだね、ゆっくりお茶でも飲もう」

貫のお茶好きは有名だった。

貫の研究室でお茶を飲みながら何気ない会話がつづいた。海水研究のこと、空襲のこと、家族のこと……。

突然、鳥巣は身を寄せてささやいた。

「今、解剖室で米国人捕虜の手術があっています」

重苦しい声音と暗い表情に、貫はぎょっとした。

「第一外科がやっている?」

鳥巣は黙ってうなずいた。石山教授の一番弟子が手術に参加しないということは? その手術は……。

「ここにいなさい」

鳥巣の顔に安堵感が広がった。二人は元の会話に戻り、長い時間を過ごした。貫が家に帰るために退出したとき、鳥巣は自室に帰った。すべては終わっていた。

この日のことは貫の記憶に強く残り、のちに三度目の捕虜手術の日だったと知った。実験手術のことは医学部全体に広がっていたのである。

学会発表

五月二七日、福岡外科学会の会合が持たれた。九大の第二外科・友田正信教授の講演が行なわれた。テーマは代用血液。友田教授はアルギン酸を使用しての代用血液開発を行なっていた。その代用血液の使用で正常血圧をある程度維持できたと報告した。そのあとを受け、石山が発表した。

「代用血液としては、豊富にある海水を希釈し滅菌したものが有効である。友田教授の作られた代用血液は材料が入手困難で工程が難しい。これに比して海水は無尽蔵だ」

二人の講演後、小森が「非希釈海水を動脈注射すると鎮痛に効果がある」と発言した。

翌日、森講師は鹿児島医専教授として赴任していった。

最後の手術

六月二日、最後の実験手術が行なわれた。一人目の捕虜は、その血液を抜き取り、海水を注射するという代用血液の実験である。石山は「まず、捕虜の血圧を測定しなさい」と命じた。「それから少し出血させてから、海水を注射して、正常血圧に戻るかどうか調べなさい」。これは数日前の学会の討論を意識しての生体実験である。海水注射担当の若い仙波特別研究生が「先生、そのことはすでにウサギで実験済みではありませんか」と異議を唱えたが、石山は耳を貸さない。ぐずぐずしている仙波にいらいらしたのか、小森と二人で捕虜の足の動脈を切開して血を抜いた。そのあと仙波特別研究生が海水を注射したが、捕虜は死亡した。

二人目は肺付近の手術の実験に供され、三人目の捕虜は肝臓の摘出実験であった。これまでと比べて短時間に終わった。死後、やはり解剖が行なわれた。

教授から鳥巣に声はかからず、森講師もすでに転勤していた。新任の森本憲治講師が加わったが、参加者は少なく、軍関係の立ち会いもなかった。憲兵にとって銃殺、斬首や拷問は普通のことであるが、医学実験に捕虜を使うのは初体験である。最初は興味津々だったろう。しかし、毎回医師たちが人間の体を切り開いて、いろいろな臓器を取り出していじくり回しているのを見て、だんだん辟易してきたにちがいない。自然、足が遠のいたのであろう。そして、これを最後として捕虜の九大移送は打ち切られ、生体実験は終わった。

こうして八名の捕虜が生体実験で殺された。彼らの遺体はすべて焼却され、灰は捨てられた。名前が判明している飛行士もいるが、判明しなかった人の方が多い。また、五月五日に撃墜されたB-29の搭乗員以外の捕虜も含まれていたようである。

九大で殺された捕虜を含め、仮設収容所にいた四十数名は二度と故郷を見ることはなかった。次々と西部軍によって殺されたのである。最後に残った十数名も八月一五日の玉音放送後に殺された。捕虜虐待の証拠隠滅のためである。

B-29「ワトキンス」機搭乗員の写真は横浜裁判で提出された（一〇〇頁参照）。著者はコピーを見たが、みな若い。一〇代の少年の顔もある。無残としか言いようがない。

鳥巣はどうしていたか？

三回目の手術の日、専門部の会議が終わっても手術場に行かなかったことが何を意味するか。助教授の分際で教授に諫言し、手術への協力義務を忌避したのである。教授への反抗と言われても仕方がない。石山教授の後ろには軍が控えている。何をされても不思議ではない。

しかし、何事も起こらなかった。石山教授は手術に触れるような話は一切しなかった。空襲は激化し、多忙な第一外科の日々が過ぎて行った。

六月二日、鳥巣は再び休暇をとって母を見舞いに帰省した。

広い屋敷には芍薬の花が咲いていていた。鳥巣は母を背負って庭を一周した。母の笑顔がいとおしい。美しい故郷ではあるが山の上の無医村。寝たきりの母と老いた父、人気の少ない家の中。

のちに鳥巣の父が「嘆願書」でこう述べている。「ただ一人の子どもである太郎が一日も早く九大を辞し、地方民衆の為故郷玉島村に開業するのを唯一の楽しみに致しておりました」

この村に帰れるものなら帰りたい、まして大学のあのありさま……。鳥巣は久しぶりに会った従妹に大学での研究生活を問われて、「辞めたいと思うときもある」とつい言ってしまった。「金があれば九大をやめて開業するのだが……」。それは妻子四人をかかえてありえない選択肢だった。その頃九大では最後の実験手術が行なわれていたのだが、鳥巣は知るよしもない。

（手術の描写は四回とも参加した平尾助教授をはじめとする被告たちの供述書、証言より再現した。ほかに鳥巣蕗『再審査』、鳥巣太郎関係嘆願書、五島敏子（五島四郎の母）嘆願書より記述した）

第2章　告発

敗戦

福岡大空襲

福岡の空は、米軍機の蹂躙に任されていた。迎え撃つべき戦闘機も対空砲火もほとんどない状態で、西部軍は「本土決戦」を叫ぶばかりである。「本土決戦になったら上陸してくる米兵を竹槍で突き殺せ」と、鳥巣蕗子の妹百合子も赤子(幼き日の著者)を背に訓練に連日駆り出されていた。「馬鹿らしか。こげなもので兵隊ば殺せっか」。百合子は思った。しかしそんなことは口に出せない。特高(特別高等警察)が恐ろしい。小倉選出の現職国会議員吉田啓太郎が「連合艦隊には飛行機がない」と本当のことを新聞記者らに語ったために特高に捕えられ、軍法会議で懲役三年に処せられたのは四月のことである。人々はただただ耐え忍び、逃げ回るしかなかった。

六月一九日の夜更け、ラジオの臨時ニュースがB‐29の来襲を告げた。空襲警報が鳴り響き、闇夜をサーチライトが引き裂く。午後一一時一一分、福岡市南部背振山《せぶりやま》方面から侵入したB‐29の大編隊が大量の油脂焼夷弾を投下し始めた。標的は旧博多駅と商工会議所交差点と天神、市の中心部である。町は瞬く間に炎に包まれた。B‐29は一時間半あまりの爆撃で一三五八トンの爆弾を半径一、二キロメートルの円内に集中的に投下して飛び去った。猛火の中で失われた無辜の命は一〇〇〇を超えた。

夜が明けると、美しかった城下町は消え失せていた。一面の焼け野原に牛馬の死骸が転がり、がれきの下にはまだ業火がくすぶっていた。天神の近くにあった蕗子の実家の病院も焼け落ち、蕗子の父母、兄妹たちは火の中を逃げ延びた。

首謀者の死

天神から三キロ足らずの九大医学部附属病院には次々と負傷者が運ばれてきた。医師と看護婦が走り回って治療に当たった。石山福二郎教授も駆けつけた。

重傷者の中に小森卓軍医見習士官がいた。焼夷弾の直撃を受け、完全に右足が破壊されている。無残な傷だった。石山は最善を尽くしたが、結局足を切断するしかなかった。それでもすでに菌が入っている可能性が高い。辛うじて一命を取り留めたにすぎない。極めて危険な状態である。

麻酔が覚めたとき、小森は「破傷風になりますね」と言ったという。

養生するなら故郷でと、小森はいったん佐賀の陸軍病院に転院したが、破傷風のため再び石山外科に戻り、七月九日に死亡した。

生体実験をめぐる多くの事実が彼とともに闇に埋もれてしまった。

八月一五日

その後も、石山教授は第一外科を率いて奮闘していたが、六月の末、恩師三宅速博士夫妻が岡山の空襲で死んだという知らせがもたらされた。七月二〇日、石山は家族を市内の新町から浮羽《うきは》郡に疎開させることにした。

疎開作業で留守にする第一外科を誰に任すか？　やはり鳥巣しかいなかった。以前と変わらず鳥巣は誠実に務めていた。

生体実験を思い出す時間などなかった。日本全体が破滅にまっしぐらに進んでいく。

八月六日、広島に原爆が投下され，九日には長崎に原爆が投下された。八月一一日には久留米にも空襲があり、蕗子と三人の子は辛うじて逃げ延びたが、家は全焼した。八月一五日終戦。蕗子は焼け跡に立って玉音放送を聞いた。

終戦は一般市民にとっては「もう、空襲がなくなる、安心して眠れる」ということに他ならなかった。しかし、生体実験に関わった人々にとっては事件発覚への恐怖の始まりでもあった。

西部軍は玉音放送の後、仮設収容所に残っていた捕虜を全員惨殺した。このことは生体実験が軍の行為であったという証拠でもある。そうでなければ終戦と決まったのに捕虜を殺す必然性がない。他の収容所では捕虜は釈放され、ワトキンス機長も自由の身になっている。戦時下の捕虜殺害は他の収容所でも起こっていた。その辻褄合わせは可能だが、生体実験があったことは隠しようがないし、いかにも残酷である。事が明らかになれば厳しく追及されるのは明白である。それゆえ仮設収容所の存在自体も消してしまわなければならない。仮設収容所は終戦の翌日からわずか三日間で取り壊された。

同時に捕虜殺害の隠蔽工作チームを結成、副参謀長福島久作を指揮官とした。捕虜は全員広島に送られ、そこで被爆死したことにする、という方針が立てられた。

佐藤吉直大佐は自分が深く関わった生体実験の隠蔽工作に従事することになった。

「絶対に秘密にせよ」

一方、石山教授は八月一七日に医局員を呼び、緘口令《かんこうれい》を敷き、証拠となるものはすべて焼却させた。

八月末から米軍による日本占領が開始された。福岡の「進駐軍」本部はなんと九大医学部前、例の宴会があった旧一方亭の近くに置かれた。関係者にとっては首筋に刃を充てられているようなものであったろう。

九月に入ると、ポツダム宣言第一〇条「日本の捕虜になっている者に対して虐待を加えた者を含む総ての戦争犯罪人に対しては厳格なる裁きが適用されるものである」に従って、戦争犯罪人の追及がはじまった。一一日、東条英機以下四三名が逮捕された。一四日には、戦犯に指名された橋田邦彦文部大臣が自殺した。

蕗子はこのニュースを新聞で読んで、はっとした。橋田文相は「米国軍人捕虜の死刑囚を医学実験の材料にしてよい」との訓示を出したといわれる人ではないか。実験手術のことが想起された。蕗子は不安を抑えられず、夫に尋ねた。

「あなた、あのことは心配ないでしょうか」

「うむ。あの手術な。あのときのお前の言葉が強く頭に残っていたので一人で石山先生を訪ねて、手術を中止してくださるように頼んだよ。しかし先生は『やめるわけにはいかん、手術をするから手伝え』と言われた」

第三者の証言がなければ不安である。

「小倉の市立病院にいた田村君がその時教授室に入って来たので、僕が石山先生を止めたことは田村君も知っている。また僕は手術はしていけないと思ったので、あとは手術に参加していない。そのことは石山先生をはじめ、皆が知っているので心配することはない。僕よりも手術をした人々の方が心配だ。問題にならねばよいが……」（鳥巣蕗『再審査』）

『再審査』によると、この時点では、鳥巣には二回目の手術に参加したという意識は希薄であった。たとえガーゼ渡しなど手伝いにすぎなくても参加に当たると思うようになったのは後日であった。

もちろん石山教授もニュースを読んだ。彼は急いで遺体からとった解剖標本の火葬を確認させた。物的証拠はこれで消されたはずであった。しかし……。

告発

隠蔽工作

一〇月のある夜のことだった、平尾健一助教授が石山教授のもとに衝撃的な知らせをもたらした。

「投書があったそうです。あの手術についてすべてを知っている、マッカーサーに告発すると書かれていたそうです。海水実験のことも捕虜が死んだことも。日本語と英語の両方で。差出人は偽名です。英文はタイプで打たれていたそうです」

投書は終戦直後、西日本新聞社に届いたもので、その後、鬼頭鎮雄記者が九大附属病院の中島良貞病院長に見せたという（上坂冬子『生体解剖――九州大学医学部事件』）。中島病院長の娘婿が平尾である。

「平尾君、鳥巣君と森本君を呼び戻してくれ」

二人ともすでに帰りかけていた。

石山教授と三人の弟子は額を集めて深夜まで相談をした。しかしよい知恵は出なかった。

数日後、石山は鳥巣に言った。

「ご苦労だが、帰りに司令部に寄って佐藤大佐を訪ねてくれんか」

当時、鳥巣は西湊町の義弟の借家に住まっていた。西部軍司令部は帰宅路の途中にあった。

「こう伝えてくれ。占領軍が捕虜の件を知ってしまったらしい、佐藤大佐はご存じか？　ご相談をしたいと」

そして珍しく「すまんな」と言った。

鳥巣は急いで佐藤を訪ねた。しかし大佐は留守だった。代わりに薬丸勝哉中佐が出てきた。

「大佐は例の件の後始末のために出張されています。大丈夫、問題にはならんです」

被爆死工作に出かけていたのだ。

二日後、福島久作副参謀長が鳥巣を訪ねて「捕虜の手術の責任は軍にある」と石山に伝えてほしいとことづけた。

数日後、今度は佐藤大佐本人が目立たない服装で大学を訪れた。

「先生方は心配せんでください。軍が全責任をとります。証拠がなければGHQもどうしようもないでしょう。軍から漏れることはありませんから大学から漏れることのないように、秘密厳守です。妙に動くと疑惑を招きます」

疑惑ではない、事実なのだ。隠しおおせるものではない。

その後、佐藤、石山、平光の会合も行なわれ、「彼らは死刑になるはずの者たちだった、全責任は軍がとる」と佐藤が重ねて明言した。事件のキーマンであった小森見習士官は死亡しており、事件は闇に葬ることができる……石山は一応、安堵した。

一方、GHQによる戦犯逮捕は続いていた。

一二月一六日、A級戦犯(平和に対する罪として訴えられた戦争指導者たち。東京裁判で裁かれた)としての逮捕を控えていた近衛文麿元首相が自殺した。一七日にはBC級戦犯(捕虜虐待などの戦争犯罪=B級、人道に対する罪=C級。日本ではほとんどがB級)を裁く「横浜法廷」が開廷した。初の判決が月内に出た。さらに年明けから続々と死刑判決が出始めた。

一九四六(昭和二一)年二月の寒い朝だった。鳥巣の部屋を佐藤大佐が訪れた。石山は出張していた。佐藤は六時四〇分の夜汽車で東京に捕虜の処刑についての書類を作りに行くと告げ、「事件は小森一人がしたこと、彼に全責任を負わせるのがよい」と提案した。軍が全責任を負うのではなかったのか？

「大学のほうで噂が広がっているようで」。軍のせいではないという言い方で、「進駐軍にばれたら、すべては小森見習士官が独断で行なったということにしてもらいたい。石山先生によろしくお伝えください」

鳥巣が石山教授に伝えることができたのは夕方の六時頃であった。石山は激怒した。

「なぜ、こんな大事なことを直接言わないのだ！　なにもかも小森にかぶせて自分らは知らぬ存ぜぬで通そうという腹だな。そうすれば連中は無罪放免だろうが、我々は全責任を負わにゃならん。そんなことは承知できん！　佐藤に会わなければ！　今から追いかけよう」

鳥巣に大学前から路面電車に乗れと命じ、石山は鹿児島本線吉塚駅に向かった。駅は九大からは少し離れているが、博多行きの列車が止まる。教授は全力で走りだした。

鳥巣も大学前の停車場に走ったが、電車は出た後だった。博多駅に着くと六時半を過ぎていた。そのとき、出札口から石山が落ち着いた顔で姿を現した。鳥巣は石山に近づいて声をかけた。

「大佐にお会いになれましたか」

「会った」

「では、お話しになれたのですね」

「ああ」とだけ石山は言った。それ以上、鳥巣も聞かなかった。

取り乱す石山の姿も哀れだが、露見すれば第一外科全体がこの事件の責任を問われるのだ。鳥巣も不安だった。ただ、彼の不安は「もし事実が露見したら、みなはどうなる?」ということであり、自分自身のことはあまり心配していなかった。自分は反対したし、参加を拒否したのだから罪に問われることはないだろう……。

まして、自分が教授の命に従い佐藤へのメッセンジャーを務めたことが、のちに「隠蔽工作」の中心人物の一人とされる証拠になろうとは、思いもつかぬことであった。

問題の投書をしたのは誰か? 当時、英文タイプは高価でもあり、めったに手に入るものではなかった。学生などが入手できるものではない。医学部関係者であるとは推測されたが、ついに不明のままである。

投書は一通ではなかった。石山教授自身や、医学部長のもとにも送られてきた。関係者は事実無根と否定した。しかし、もともと医学部の中では秘密でも何でもなかったのだから、噂は広まる一方だった。

すでに実験手術に同意した大野章三医学部長は定年退官し、新医学部長に神中正一教授が就任していた。投書と噂に悩まされる神中医学部長は中島附属病院長とともに、石山教授にたびたび辞職を勧めた。医学部を守るためである。しかし石山は従わなかった。「軍が全責任をとると言っているから大丈夫」と主張し、「辞めれば疑惑を認めたことになる」というのである。

（隠蔽工作に関する九大側の動きについては、鳥巣の福岡および巣鴨での供述書による）

最初の尋問

一九四六（昭和二一）年三月のある日、鳥巣は帰宅しなかった。結婚以来、無断外泊などしなかった夫である。蕗子は不安な夜を過ごした。翌朝、石山教授の使いが訪れ、鳥巣が福岡刑務所の土手町《どてのちょう》刑務支所に留置されていると知らせた。当時、日本の一般家庭に電話は普及していなかった。

蕗子はただちに大学に向かった。教授の研究室を部下の妻が訪ねるなど非常識なのだが、礼儀にかまっている場合ではない。蕗子の突きつめた表情に石山教授は、

「奥さん、何も心配することはありません。鳥巣君はすぐ返されると思います。家に帰ってお待ちなさい」

「先生！　私は捕虜の手術があったことを存じております」

石山は愕然とした。

「あのとき、私はどんな理由があっても捕虜の手術はしてはいけないと夫に申しましたのに、夫は何かしたのでしょうか」

ずばりと核心を突く物言いは蕗子の癖である。

「ご存じでしたか。鳥巣君は何もしていないですよ。鳥巣君は立派な人だ。ただ、日頃から他人の迷惑になるようなことは決して言わない人なので、まだ留め置かれているのでしょう。私の代わりに取り調べを受けているようなものですから、私が福岡のCIC（米陸軍情報部）に説明に行きますので必ず帰ってきますよ。決して迷惑はかけません。申し訳ありません」

石山はいかにも面目ないという風に深々と頭を下げた。

土手町刑務支所では、拷問の道具などをちらつかせ、夜も寝かせないなどの尋問が続いたが、鳥巣は何も語らないまま釈放された。

数日後、今度は石山教授と第一外科の久保敏行医局員がCICに召喚された。その帰り道に二人は鳥巣家を訪れた。鳥巣はまだ大学にいた。応対に出た蕗子に石山教授は弁明した。

「お宅の御主人は搭乗員の手術に関しては何も心配になることはありません。私が全責任のあることでお宅の御主人には関係ありません。御心配しないで下さい。……一週間も拘置された御主人に対して申し訳ない」

（石山と蕗子のやり取りについては、前掲『再審査』より）

鳥巣が黙秘したのは、大学卒業以来一五年も身を置いてきた第一外科を守らなければならないという意識からである。

絶対に秘密にしなければならない。それにしても、真相はどうだったんだろうと思うこともあった。この時点では鳥巣は事件の全体像をつかんでいなかった。

「先生、手術された捕虜は何人だったのですか？」

一度聞いてみた。

「忘れたなあ、思い出せん。何人だったか、どれがどれだったか」

石山はとぼけた。

四月のある日、教授室での会話で珍しく石山は弱気だった。

「僕は独断に過ぎたなあ。軍から命じられたとき、君たちに相談すべきだった」

こう言われても、鳥巣も平尾も返すべき言葉を持たなかった。教授はどんな手術でも、その可否を自分たちに相談したことなどなかった。

「鳥巣君には謝らなければならんなあ。何も知らん君に、当日に手伝えと命令して、とんでもない厄介事に巻き込んでしまった。申し訳ない。あのとき、君の忠告に従っておけばよかった」

今さら、そんなことを言われても……。あの専制君主石山はどこへ行ったのだ？

（石山と鳥巣のやり取りについては、鳥巣供述書より）

教授の弱気には理由があった。当時、九大でも民主化運動が展開されており、医学部では二月一八日付で、教授陣の総辞職が行なわれた。これは事件の噂を打ち消す意味もあったといわれている。それを受け、三月二〇日、医学部刷新委員会が発足し、学生を含む全医学部職員による教授の信任投票が実施されることになっていた。「実験手術をやった石山」「ファシスト石山」――ひそひそとささやかれる言葉は教授の耳に入り、眠れぬ夜が続いていたはずである。

四月にB級戦犯初の死刑執行があった。五月には未成年の戦犯が死刑に処せられた。平尾助教授は三月に石山教授に辞表を出し、六月には開業の準備に入った。彼の義父・中島良貞は九大附属病院長である。開業に石山の庇護は必要ではなかった。「いつまでも石山外科にいては危ない」という判断だったのであろう。

医学部の信任投票は六月五日に行なわれた。結果はほとんどの教授が信任された。医学部の封建的体質はそう簡単に打ち破られるものではなかったのだ。石山はほっとした。再び強気の石山教授が戻ってきた。ＧＨＱによる事件捜査の気配も消え、医学部には静かな日々が戻ってきた。鳥巣も郷里の母の看病に帰る時間を持つことができた。六月の末、平尾助教授は正式に大学を去っていった。

七月一三日、石山は友人仙波嘉清氏に手紙を書いていた。

「小生その後只管《ひたすら》俗事を捨て研究に没頭、来年度の宿題胆石症だけは、是非共完了したく考へて居ります。大学の刷新運動なるものも、教授に関する限りは、一段落つきました。小生は幸か不幸か追放をまぬがれました。まだ色々やって居り誠にうるさいことです。……」（仙波嘉清『生体解剖事件』）

日付は七月一四日。翌日投函するつもりだったのだ。しかしその機会はなかった。

逮捕

取り調べ

七月一三日、鳥巣の次男は初めての通知表をもらって喜び勇んで帰宅した。

しかし、報告すべき父親は何時になっても帰宅しなかった。眠れぬ夜が明けたとき、蕗子はかねての心配が的中したことを知った。

「九大生体解剖事件」

朝刊に大見出しが躍っていた。一三日、冷酷な実験手術によって米国軍人捕虜を虐殺した事件の容疑者として、石山教授、平光教授、鳥巣助教授、平尾助教授など五人を逮捕し、土手町の刑務支所に収容したという記事である。

「人殺しの子!」と子どもたちがなぶられ泣きながら家に帰ってきた。

しかし、蕗子は夫を信じていた。誰に何と言われようと夫は必ず帰ってくると確信していた。

軍関係者はすでに逮捕されており、それぞれGHQ調査官の取り調べを受けていた。佐藤大佐は手術のために九大に捕虜を引き渡したこと、実験手術と感づいていたことをすでに認めていた。

ＧＨＱは九大関係者を逮捕した時点で手術の概要をつかんでいた。そのうえでの取り調べである。追及は厳しかった。

鳥巣は逮捕当日の一三日から取り調べを受けた。

肺の手術はあくまで弾丸を取り出すため、捕虜が死んだのは血圧低下のせいと主張するが、説得力はまるでない。翌一四日も取り調べは続いた。繰り返し手術の詳細を供述するよう迫られた。「嘘だろう」「本当のことを言いなさい」「他の人はもうしゃべっている」。取調官はたたみかけてくる。進退きわまって「よく知らない」「聞いたことはある」と逃げようとするが、「あなたが知らないわけがないだろう」と詰められる。答えはしどろもどろである。

なぜこのとき本当のことを言わなかったのか、鳥巣は後にこう語っている。

「恩師石山教授の一大事なる故に秘密にしてくれと依頼されていたし、先づ自分より陳述する情にしのびず『ノー』と答えた」（前掲『再審査』所収の鳥巣太郎獄中日記）

一方、平尾助教授はどうしていたのか。彼の取り調べも逮捕直後から行なわれた。

海水実験のことを聞かれた後、

「アメリカの捕虜を手術したか？」

「しました」

「患者が死ぬ前に誰かが切開創を再び切り開いただろう、誰が開いた？」

「小森です」

「肺を切除する必要があったのか?」

「必ずしも必要ではなかったと思う」

一四日の取り調べで平尾は、手術は実験手術だったとはっきり認めた。長時間にわたる詳細な供述を終えたのち、「こんなことに巻き込まれたのは不幸なことだった。私が大学を辞めたのはこのことが理由です。人間として恥ずかしい。消え入りたい」と結んだ。

看護婦長の筒井静子も逮捕され、取り調べられていた。

彼女は質問に「はい」か「いいえ」「覚えていません」で答えるのみで、具体的な供述はほとんどしない。相手が医師ではないということもあってか、取調官も深く追及しなかった。

石山教授の取り調べは難航していた。一三日は本題に入ることがなかった。一四日は休み、一五日から本格的な取り調べが行なわれた。

石山は滔々《とうとう》と自己の研究分野について述べ立てた。取調官は調子を合わせつつ、話を海水実験に持っていく。石山は虚実とりまぜて供述した。少しも動揺を見せないまま、長い取り調べは終わった。

一六日の取り調べは二日目の手術についてだった。

一七日は隠蔽工作について尋問された。治療のための手術ならば隠蔽の必要はない。そこを突かれると、石山は「手術をやったときは命を救う以外の目的はなかった。しかし（戦後の）一〇月に佐藤からすっかり説明されて、救命以外の目的があったと知った」と逃げた。

実験手術は軍の命令か、それとも石山と小森の主導かと迫られ、曖昧な答えを繰り返す石山に、「我々は実験手術についてすべてを知っているし、どのように行なわれたかも知っている」と詰め寄る取調官。

「これについて言うことはないのか？」

「あなたは私から不当な答えを引き出そうとしている」

石山教授の供述調書はこの一言で終わっている。

妻たち

逮捕の手は講師、医局員、大学院生にもおよび、関係者は戦々恐々の日々を送っていた。

七月一五日のことである。石山教授夫人が突然、西湊町の鳥巣家を訪れた。きっと石山先生のお命を救うにはどうしたらよいかと相談にみえたのだと蕗子は思ったが、石山夫人はさして心配の様子ではなかった。土手町刑務支所への差し入れの相談に来たという。夫人は実験手術のことはまったく知らず、夫の無実を信じていたのだ。

蕗子は最初から実験手術のことを知っていたし、夫の行動もわかっていたので、考えることはおのずから違っていた。夫は何も悪いことはしていない、しかしそれは立証されなければならない。事件当時の夫の行動を明らかにする証拠がいる。記憶を整理して、証拠を見つけて、立証の役に立てよう。蕗子の思いの方向は夫の救出活動に向かっていった。

一方、平尾夫人には実父中島良貞がいた。九大附属病院長だった中島は、戦後、医学部長に選出されていたが、娘婿の逮捕とともに辞表を出し、救出活動に奔走することになる。

平光夫人には夫の弟子である助教授や講師がついており、協力して救出活動を開始する。

「天皇陛下万歳」

石山教授は追い詰められていた。一七日の取り調べのあと、平尾助教授の供述を突き付けられたのではないかと著者は推測する。この時点で手術の詳細を供述している医師は平尾しかいない。その調書が動かぬ証拠とされたのではないか。そこには第一回目の手術の際に小森が切開創の糸をほどいたことをGHQが把握していることも記されていた。

どこにも逃げ場はない。

全責任を負って、死ぬ。平尾供述によって追い詰められた石山の選択肢は他になかった。逮捕されたときから、一応の覚悟はできていただろう。ただ、「逃れられるものならば」という一縷の望みがあったので踏ん張ってきたにちがいない。それも終わる。石山は遺書を書き始めた。

一七日六時と記し、まず妻に「長い間世話になった。もう喧嘩もできない」。ついで「私は誠心誠意アメリカ兵を治療した。理解されず残念だ。子ども達は恥じるべきことは何もない」と記し、子どもたちに一言ずつ遺した。所持金のありかを「病院の金庫の中」「宴会の残金は右の引き出し」などとこまごまと記し、薬品や書籍の処分、使用人と思しき人への金銭の支払額などを指示した後に、部下や関係者に「不明の師、罪は万死に当たるも一死を持って許せ。最後まで研究を続けよ」と詫びた。「教授の皆様がた　お詫びのしようもなく」、そして「天皇陛下万歳」、これは当時の常識では最後の言葉である。遺書はここで終わるはずだったろう。

ところが石山の耳に、隣の房の声が聞こえてきた。佐藤だ。敗戦の責任を負うどころか、何とか罪を逃れようと右往左往している軍人！　石山は遺書に「我慢できない」と書き足している。

しかし石山は佐藤の声に答えた。

「佐藤さん、実験手術の主導権をとったのは私ではない。小森君ですよ。司令官の許可を取ったと言っていました」

「その話は、取調官にされるんですな」

そのとき、別の房から鳥巣の声がした。

「いったい我々は出られるんでしょうかね？」

「うーん、難しいと思いますよ。ここからどこか別のところに送られるんじゃないかな、とにかく当分は出られんでしょう」

「切開創を再切開したことや肺の手術のことを取調官は知っていました。いったい誰がしゃべったんだろう」と鳥巣。

実は医師たちの逮捕前に佐藤はこのことを供述しているのだが、もちろんそんなことは言わなかった。

「わかりませんなあ。とにかく、もう頑張れないと思いますよ。敵さんは全部知っているみたいですからな。再切開のことは言わんほうがいいでしょう」

二人の会話を聞いていた石山は、部下たちを救うためにはもっとはっきりと遺書に記しておく必要があると考えたのであろう。

「一切軍ノ命令ナリ

責任ハ余ニアリ

鳥巣森本森

仙バ筒井

余ノ命令ニテ動ク

希クバ速ニ

釈放サレン

十二時
　平光君スマヌ」

と書いた。

平尾助教授の名前はない。すべてを自白したらしい平尾に対し、裏切られたという思いを抱いていたからであろうか。

浴衣の帯を窓の鉄格子にかけ、しっかりと首に巻きつけ、遺書を抱いて九州帝国大学医学部第一外科教授・石山福二郎は自ら縊《くび》れた。

（刑務支所での様子については、石山、平尾、鳥巣、佐藤、筒井の供述書および調書、刑務支所記録による。記録ナンバー 33019）

石山教授自殺の波紋

石山教授の自殺はその後の裁判に重大な影響をもたらした。

実験手術は軍の命令か？　大学側の意思か？　医師たちの各々が果たした役割は？　医学部の責任は？　事件の真相が解明されない結果となる。

しかも、遺書は石山の願ったような効果——弟子たちの罪の軽減に役立つ——は発揮しなかった。石山の署名がなかったからだといわれており、米軍が故意に署名を切り取ったという説もある。

しかし遺書の証拠価値が薄いとされたのはもっと本質的な問題によるのであろう。欧米では自殺に良いイメージはない。被疑者が自殺すれば、それは潔白の証明ではなく、有罪の告白と取られる。もし軍の命令でやむをえず行なったのであれば、法廷で堂々と主張すればよい、それをしないで何を書き残しても逃げ口上にすぎず、信頼に値しないとされたのであろう。

「石山教授自殺」と聞いた瞬間、蕗子は「手術はしてはいけないと思ったので、あとは手術には参加していない。そのことは石山先生が知っている」と言った夫の言葉を思い出した。教授の死が夫の身の上にどのような影響を与えることになるのか。不吉な予感が走った。

西部軍と九大医学部の共同行為としての生体実験

軍の関与と医学部の関与

「九大生体解剖事件」は西部軍と九大医学部の共同行為である。これが著者の結論である。

もちろん、事件は西部軍の捕虜虐殺の一環である。再審査で横山勇司令官と佐藤参謀が無罪となったため、軍は関与していないと判定されたと言う人もいるが、とんでもない。九大への捕虜移送は正式に行なわれた。運んできたトラックはそのまま引き返している。手術現場には参謀たちと兵士が四回目を除いて終始立ち会った。一回目に飛行士が殺されたのは目撃している。しかも二回目、三回目も立ち会い、四回目も捕虜を送り込んでいる。さらに医師たちを招待して慰労もした。「石山が怖いのではない、軍が怖かったのだ」という医師たちの証言もある。正式の命令書が残っていないから軍の行為でないなどという詭弁が通るはずもない。何よりも決定的なのは、終戦直後に事件の発覚を恐れて隠蔽工作を行なったことである。残りの捕虜全員を殺し（後に軍関係者が有罪判決を受けた）、仮設収容所の存在自体を抹殺してしまい、捕虜は原爆で死亡したという偽装を行なった。

この事件は明白に西部軍の犯罪である。生体実験と承知のうえで捕虜を九大に払い下げたのである。

しかし、生きたままの捕虜の人体実験は、石山教授とその弟子小森見習士官の発案である。彼らは軍と共同して、第一外科の組織をあげ、解剖学教室の協力を得て、純粋に医学研究の進歩のためと信じて、生体実験と解剖を行なった。平光教授は生体実験とは知らなかったと主張するが、少なくとも手術に立ち会った段階で真実を知ったはずである。およそ医師であれば、目撃した手術が実験か治療かわからぬはずはない。まして平光教授は解剖学の権威である。二回目以降も弟子たちに解剖をさせている。解剖は教授の指示だったと、解剖学教室の助教授が明確に証言している。

医学部としての関与という点については、まず医学部長が生体実験を許可したのかどうかが問題になる。「医学部長が許可したと信じている」との森良雄講師の再審査での証言、「総長も学部長も知悉していたと考えていた」との野川研究生の再審査での証言がある。

決定的なのは、手術が公開されていたということである。単なる米軍捕虜の治療を見学に、わざわざ他市から来る医師はいない。九大医学部で捕虜を使って生体実験をするという情報は広く知られていたのだ。森講師は見学者の実名を挙げて証言している。

二つの教室が関与し公開で行なわれた手術、医局員たちが「大学当局が許可した」と信じて参加した手術が、当局の言う一部医師の個人プレイでありえようか。百歩譲って大野医学部長が生体実験と知らずに教室使用を許可したとしても、連れ込まれた飛行士がどうなったかは立ち会った誰もが知っていることだから、以後の生体実験手術は黙認したことになる。手術続行に異議を挟んだ形跡がないことからも明らかである。

結論として、事件は医学部の組織犯罪でもある。関係した医師たちは「医学部」というおそらく軍を除いては日本一強固な組織に縛られ、積極的にあるいは消極的に参加したものである。医学部長の許可のもとに行なわれた第一外科の犯罪であり、第二解剖学教室はこれに協力したものである。

医の倫理を踏み外した医師たち

さらに深刻な問題があると著者は思う。

捕虜を使っての生体実験に罪悪感を持たない医師が多かったという事実である。実験手術の参加者だけではない、貴重な手術を見学しようと集まった医師たちの存在がある。戦争の狂気が医師の倫理観を狂わせてしまった。彼らは「戦争のせいだった、仕方なかった」と、倫理を踏み外したことを合理化して、戦後を生きていった。自己の罪を問うことはあまりにも恐ろしいことだから。

それだけではない。

一九五七（昭和三二）年のことである。平光吾一教授は、雑誌『文藝春秋』に寄稿し、「石山教授は文字通り世紀のメスを振ったのである。……惜しむらくは、この手術に関する記録を全く残しておかなかったことである。……許されざる手術を敢えて犯した勇気ある石山教授が、自殺前せめて一片の研究記録なりとも遺しておいてくれたら、医学の進歩にどれ程役立ったことだろうか。犠牲者の霊も幾分なりと浮ばれたであろう」（傍点著者）と記している。

また、石山教授の友人・仙波嘉清氏は著書『生体解剖事件』の中で「日本の敗戦がなかったならば、恐らくその詳細の記録が残り、学界に新しい話題を投じたことであろう」と述べている。そして、この意見に多くの医師が「ようゆうてくださった」と賛辞を寄せていることも紹介している。

医学の進歩のためならば、何をしても許されるという意識が医学界にはあったのではないか。著者は疑念を抱かざるをえない。

第3章　B級戦犯裁判「九大生体解剖事件」

巣鴨プリズン

巣鴨移送

鳥巣たちが石山教授の自殺を知らされたのは一九四六（昭和二一）年七月一八日の朝だった。鳥巣はどう受け止めたのか。

「自分にはどうもそんなことになりそうな予感がしてならなかつたが、突然そうと知つた時、一時シヨツクを受けたが、とうとう来るべきものが来たという感じであつた。故人の心情は生きてゐるに忍びなかつたのであらう。性格的にもその胸中がわかる様な気がする。……夢の様である。しかし自分等はこの見果てぬ夢の結末をつけねばならぬ」（鳥巣蕗『再審査』所収の鳥巣太郎獄

中日記八月一八日）

翌一九日、関係者はトラックに乗せられ、福岡・芦屋飛行場から輸送機に移され、東京・立川飛行場からまたトラックに乗り換えさせられ、巣鴨プリズンに送られた。

収容された独房は二畳の畳敷きと一畳分の板の間である。蓋つきの洗面台にやはり蓋つきの西洋便器、机と椅子の代わりにもなる。窓には鉄格子。

一週間前は九大の助教授であった自分と、檻の中の囚人である今の自分。あまりにも激しい運命の変転である。家を思い、子を思い、父母の嘆きを思う。狂おしい気持ちが募るばかりである。心を落ち着けようと日記を記すことにした。巣鴨では囚人たちが日記をつけることや歌を読むことは許されており、粗末ながら文具の用意もあった。

日記の初めに鳥巣はこう記している。

「むし暑き日なり、やけくそ心にて大の字になり煙草くゆらす」

続く日々、逮捕の衝撃を語る言葉が並んでいる。「思いもかけぬ災難だ」「思はぬ事に大切なわが人生を黒く塗りつぶしてなるものか」

八月一二日には「思いがけなく面会人、ああ蕗だ、わが妻だ」

蕗子は二八時間汽車に揺られて、上京してきた。金網越しの再会である。語るべきことは多く、許された時間は短い。蕗子は泣き崩れて時間を無駄にするタイプではない。子どもたちの様子、家の始末。混乱と食糧不足の真っただ中で、唯一の稼ぎ手である夫が逮捕されたのである、お金の相談もしなければならない。そして裁判の見通し。実際的な会話と「信じています。必ずお帰りになれる」という蕗子の確信が夫を元気づけた。彼もつとめて楽観的に「容疑者として拘置された人だけで、ほかの人に累を及ぼさないようにしたい。そのため手術を見ていた人々を知っていても、決して名前を出さないことにした。……僕のことはほかの人たちがよく知っているので心配しないように。僕よりも平尾君や森君が心配だ……」（前掲『再審査』）と語った。

この面会で鳥巣の気持ちはずいぶんと和らいだ。日記には「子供等元気な様子がわかり落着く」と綴った。

蕗子は不安だった。夫は自分が反対したことや、ほとんど参加していないことが他の人の証言で明らかになると信じているようだ。石山教授の自殺によって第一外科で一番年上の助教授である自分の立場が苦しくなっていることに気づいていない。獄中にあって一切の情報から隔絶させられているので無理もないが……。

すでに行なわれていたBC級戦犯裁判は通常の裁判とはまったく異なり、細かい事実の認定よりも、直接の責任を誰に取らせるのかということに力点が置かれていた。いきおい現場の関係者、それも中間管理職的な地位にある者が裁かれていた。そして訴訟手続きは被告人に不利であった。

蕗子はすでにそういうことを知っていた。巣鴨を離れる足は重かった。しかし彼女は不安に押しつぶされたりはしなかった。「夫を救うために自分はどう行動すべきか」。常にそれを考え、機敏に動く人であった。

封建時代の残滓が強く残る当時の女性には珍しいほどの性格の強さと抜群の行動力を持った伯母蕗子の姿を、当時幼かった著者は鮮明に覚えている。

ヒマラヤ杉を見つめて

「自分には何等やましい事はない。……自分には事の真相は全く不明である」(獄中日記)

鳥巣は自分の「無実」を信じていた。

石山教授の自殺は残念に思っているが、尊敬の念は持ち続けており、哀悼の気持ちを日記に記している。その石山の責任をわが身に引き受けることになるとは予想もしていない。「生体解剖」事件に正面から向き合えないまま、獄舎の中で日だけが経っていく。

巣鴨に来てからは取り調べがない。わずか三畳の空間に押し込められているだけである。来る日も来る日も、目に入るものは鉄格子の向こうにそびえるヒマラヤ杉と壁と扉・金網だけである。夏が過ぎ、秋が来て、ヒマラヤ杉が芽吹くのを鳥巣はひたすら眺めていた。

何かしなければ精神に異常をきたしてしまう。日記や歌作、新聞の閲覧などが許されていたのは精神の均衡を保たせるためでもあった。

ほかに巣鴨では未決の囚人たちをたびたび労役にかりだした。それは苦痛でもあったが、また気が晴れる瞬間でもあった。「外を見る」ことができるからである。といっても、外界は一面の焼け跡である。巣鴨の外の世界では飢餓と混乱が続いていた。

一九四六（昭和二一）年は、天皇の人間宣言に始まり、初めての男女平等選挙が行なわれ、日本国憲法が誕生した「民主化」の年であった。GHQ指令により軍国主義者の公職追放が行なわれたのも、この年である。

しかし経済はどん底状態だった。着るものも食べるものもお金もない。どうして生きていくか。命の綱は配給であるが、一日米わずか一合二勺（二〇〇cc、ご飯茶わん二杯強）、野菜七五グラム、それも遅配、欠配つづき、国民は飢餓線上を彷徨っていた。

焼け跡には闇市が立ち、人々は身の回りの物を売って高い食料品を買うしかなかった。NHKは「あなたはどうして食べていますか」という街頭録音を行なった。

「いったい誰のせいでこんなことになった。我々を戦争に引きずり込んだのは誰だ」

非難の矛先はA級戦犯だけではなく、五〇〇〇人ともいわれるB級戦犯へも向けられた。四月以来、B級戦犯の処刑が実施され、死刑宣告も次々と出されていた（東条英機らA級戦犯の死刑判決と処刑は一九四八年）。当時の世論はそれを当然とした。戦犯の家族というだけでいじめを受け、肩身狭く暮らさなければならなかった。

家族が巣鴨に収監されているという理由で婚約を破棄された、戦犯の妻であるという理由で公立病院看護婦の職を追われた……戦争ですさんだ人の心は生贄を必要としていた。

九大の鳥巣の部屋は片付けられてしまった。

一〇月一日には福岡の留守宅に突然差し押さえ人がやってきた。戦災で無一物になっていた鳥巣家には何一つ金目のものはなかった。やむをえず差し押さえ人はぎっしり並んだ蔵書に紙を貼っていった。

二八日には教職追放者のリストに鳥巣の名前が載った。一つひとつの知らせが鳥巣の気持ちを揺さぶった。

教誨師花山信勝《しんしょう》氏は鳥巣たちに、絞首台に上ったB級戦犯福原勲の話をした。山陰の農家に生まれ、徴兵され、少尉に進み、中国で戦傷を負い、国内に戻されて捕虜虐待で名高い大牟田捕虜収容所長を務めた。横浜裁判でその責任を問われ死刑となった。福原は逃亡や自殺を企てた末に、仏教に帰依し従容として死に就いたという。

ニュルンベルク裁判で絞首刑を宣告されたナチ戦犯が一〇月一六日に絞首刑になったことも、鳥巣は知った。

一一月には巣鴨内の同じグループから、シンガポールでの裁判に連れて行かれる人々を見送った。日本軍の占領先の収容所で行なわれた捕虜虐待事件のB級戦犯裁判は現地で開かれたのである。

隣の庭で散歩するA級戦犯を鳥巣が見かけたのもこの頃である。

「嗚呼彼等にして今少し思慮ありせば等と及びもつかぬ事等思はれる」（獄中日記）

転室して新しい部屋に入ったが、雑居で机さえないので、折りたたんだ布団で書き物をするしかない。それでも同房の人との会話で気が楽になる。その一人、高齢の笠井もシンガポールに旅立ち、部屋には寒さが押し寄せてくる。

孤独感にさいなまれる鳥巣の支えになったのは蕗子の存在である。

「一点の隙もなく真心から自分の力となつてくれる妻は有難い。妻にだけ苦労のかけどおしだ。自分は家の事は少しも構はず、あまりにも教室、学校の事に専念しすぎた様だ。時には妻も愚痴を云つたが、それも段々慣れたのか、云つても無駄と思つたのか、口に出さぬ様になつた」（同）

と振り返っている。

新しい年が来た。この年、一九四七（昭和二二）年の一月に政府は復興支援のために日銀券を乱発し、インフレがさらに進行する。食糧難はますます深刻化し配給は滞り、栄養失調という言葉が流行し、庶民はヤミ米の買い出しに走り回った。

鳥巣は二月に供述書を提出している。前年の一一月頃から記憶を呼び覚まし、自分が関係した事件の真相を整理し清書しておいたものである。

「私と事件のかかわり」と題して鳥巣は次のように述べている。

「(昭和)二〇年五月のある日の午後一時ごろ、突然、(石山)教授から捕虜の手術の手伝いを命じられた。手術は軍からの命令であり、小森が助手を務めること、平光教授が用意する解剖実習室で行うことを告げられた」

こう記した後、簡潔に第一回目の手術のありさまを供述し、平光教授が在室したことにもふれている。ついで二回目の手術を命じられ、一人で教授に中止を懇願したが却下されたことを明らかにしている。気が進まないので遅れていったため二人目の手術の手伝いをしたのみであったが、この夜の宴会で、詳しいことを知り、以降は捕虜の手術に参加しないと決心したと述べている。

「軍から聞いたこと」として、終戦後の石山と佐藤ら軍関係者のやり取りを証言している。

「石山教授から聞いたこと」では、鳥巣が止めようとしたとき、石山は手術が軍の命令であり、小森と一緒にやるのだと言ったと証言している。

終戦後、石山が弟子たちに相談せず手術をやったことについて、自分たちに謝ったことにふれ、しかし石山はどんなときでも弟子に相談などしなかったと述べている。

救援活動

妻の闘い

ＧＨＱは福岡で精力的に証人調べをしていた。その過程で新たな逮捕者も出ていた。一方、弁護側の調査も行なわれていた。弁護側の社林《こそばやし》調査官は日系二世で日本語が堪能であった。関係者の証言を集めて回っていた。蕗子にも戦犯容疑者の妻としての証言を求めた。蕗子はかねて記憶を整理していたので正確に答えることができた。

最初の手術の前一週間、夫は郷里にいたこと。その手術が行なわれた晩に手術のことを自分に打ち明けたので、参加するなと言ったこと。夫は二回目の手術を中止するよう石山教授に一人で頼んだが拒否されたこと。三回目は手術参加をやめ貫助教授の部屋にいたこと。

「容疑者の家族の中で当初から事件のことを知っていたのはあなただけだ。夫のために重要な証人となることができる」

証人として使うと社林調査官は明言した。

蕗子は取り調べに応じただけではない。自ら証拠の収集に動いた。

一九四七(昭和二二)年春、まず夫と石山教授のやり取りを聞いていた小倉市立病院の田村忠雄医師を訪ねた。夫が石山を止めようとしたことを証言してほしいと頼んだのである。しかし彼は「遠くにいて、事件のことは知らなかった」と言うばかりであった。なぜありのままのことを言ってくれないのか、自分に何の被害も及ばないことなのに、証言できないというのは不思議だ。

他の容疑者の家族に遠慮しているのではないかと蕗子は感じた。

この時点ですでに、「平尾助教授が鳥巣と一緒に石山を止めに行ったことにする」という工作が始まっており、その情報が田村医師のもとに届いていたのではないかと著者は推測する。鳥巣一人で止めに行ったと証言すれば平尾に不利になる。といって、止めようとしたのは二人だったと偽証はできない。証言をしなければ嘘を言ったことにはならない。田村医師の苦渋の選択ではなかったか。

次はいわゆるアリバイ証人を訪ねた。第三回目の手術が行なわれた日、夫が出席していた専門部の会議に同席していた医師である。蕗子は当時の会議記録を確かめてから会いに行ったが、やはり「知らない」との答えだった。その態度はあからさまに迷惑そうだった。後年、蕗子は著者に語った。

「人間はね、単に関わりになりたくないというだけの理由で、隣人を見殺しにするんだよ。自分が罪になるわけではない、ひとこと証言すれば救えるのに、戦犯裁判なんかに関わったら大変ってね……残酷なもんよ」

この二人の証言拒否は蕗子を打ちのめした。もし、貫助教授(専門部教授)が温かく迎えてくれなかったら、さすがの蕗子も挫けてしまったかもしれない。

「あのときもこの部屋で、二人でお茶を飲みましたよ」

貫助教授は手ずからお茶を淹《い》れて、蕗子をもてなした。

「鳥巣君はそのとき、解剖室で米軍捕虜の手術があってると話してくれました。鳥巣君が手術に不参加だったことはいつでも、どこででも証言してあげますよ」

蕗子は飛び上がるほど嬉しかった。やはり夫の言ったことは本当だったんだ。煎茶のまろやかな味と貫の優しい言葉は蕗子の心を溶かした。

文書での証言を貫助教授は承諾した。

さらに蕗子は玉島村の隈本喜久雄医師をたずねた。鳥巣が手術の計画を事前に知らなかったことを証明する必要がある。鳥巣の母が一九四五(昭和二〇)年五月六日に脳溢血で倒れ、知らせを受けた鳥巣が七日に帰郷し一週間看病に当たっていたことは、隈本医師や村人が知っている。しかしその日付の客観的証明がいる。隈本医師は一九四七(昭和二二)年二月二六日に亡くなった鳥巣の母の死亡診断書に発病日時を書いたことを思い出してくれた。

蕗子は役場に赴いて義母の死亡診断書の写しを手に入れた。隈本医師の言葉どおり、病名と発病日および死亡日が記されていた。

貫助教授の嘆願書の形式をとった証言と死亡診断書の写しを、蕗子は社林調査官に渡した。

「これは鳥巣助教授が事前に何も知らなかったという立派な証拠だ。鳥巣助教授には不在証明をする貫証人もいるし、あなたも証人として使うので心配しなくてもよいと思う」

社林調査官は受けあった。
（以上の蕗子の行動については、前掲『再審査』による）

秘密の面会

助教授、講師、助手、大学院生に至るまで逮捕されてしまった第一外科とは違い、解剖学教室には当時応召していて不在だった和佐野公二郎助教授（専門部教授）や竹重順夫講師が復員してきており、スタッフは揃っていた。彼らは平光夫人とともに、恩師のために強力な救出運動を展開した。あらゆるつてを頼って嘆願書を集める一方、裁判を有利に進めるためにさまざまな活動を開始した。事件は「生体解剖」と呼ばれている。生体実験と遺体解剖が連続して行なわれた一つの犯罪とされている。平光教授があらかじめ生体実験の事実を知りながら、教室を提供し、弟子たちに命令して解剖させたとなれば、石山教授と共謀して「生体解剖」を実行した主犯の一人ということになり、死刑は免れない。また、手術に立ち会って初めて実験手術と気づいたが解剖を命じ続けたとしても重罪である。

救出グループは次の二点を重視したと考えられる。

一つ、「平光教授は生体実験であったということを知らなかった」ことを証明する。これは、石山教授が死んでしまった以上、平光教授自身が主張し続けるしかなかった。

いま一つ、「平光教授は弟子たちに解剖の命令をしなかった」ことにする。この証明は弟子たちの証言によるしかない。

一九四七(昭和二二)年二月、九大医学部解剖学教室の専攻生・五島四郎は平光夫人の使いである川添俊夫の訪問を受けた。五島は、平光の指令で研究生の笠幹《りゅうみき》とともに捕虜の脳の標本を採った人物である。九大医学部を卒業して半年も経っていない。教室での地位は一番下であった。

GHQは立ち会った解剖学教室のメンバーを尋問しており、平光教授が実験手術と知ったうえで部下に命令したという証言を取ろうとしている。間もなく五島も尋問される。彼が少しでも解剖学教室の中のことを話したら、GHQはそこから糸口を見つけるだろう。川添は五島に指示した、「解剖学教室内での出来事はアメリカの調査官には一切言わぬように」と。

しかし、GHQの取り調べは甘いものではなかった。五島は結局逮捕され、土手町刑務支所に収容されてしまった。

救出グループは何とか連絡を取ろうと苦闘した。思いついたのが歯科医受診である。五島は前から虫歯で悩んでいたので、刑務支所の外の歯医者への通院を願い出るよう勧めたのである。この手は成功して、五島は歯科受診が可能になった。和佐野・竹重は首尾よく五島に面会した。二人はこもごも平光教授と研究室の他のメンバーに不利になるようなことは言わないでくれと頼んだ。

五島は承知した。取調官に対して、平光教授と先輩の笠をかばって「自分一人でいたしました」と供述したのだった。この供述は重要な証言とされた（五島の母・敏子の一九四九年四月一日付再審査嘆願書による）。

しかし、これだけでは十分でない。平光は被告中ただ一人の九大教授である。最高責任者にされてしまうかもしれない。心配した和佐野助教授は次のような証言をした。

「鳥巣さんは教授だ、平光教授と同格だ」（前掲『再審査』）

鳥巣の専門部（専門学校）教授という肩書の「専門部」を除いて、九大の教授と同じに見せかけるという工作である。

岡田中将との出会い

鳥巣の母の死は一九四七（昭和二二）年の二月であったが、その知らせを鳥巣が受け取ったのは四月も末だった。「太郎、太郎」と呼んで逝ったという母の無念を思い、「身は寸断さるるも尚足らざる自責の念をおぼゆる」（獄中日記）

夏、鳥巣は岡田資《たすく》中将と知り合った。

岡田中将は翌年の軍事法廷を自ら法戦と名付けて、国際法違反の捕虜殺害を追及する米軍に対して論戦を挑み、B-29による無差別爆撃こそ国際法違反であると反撃したことと、東海軍司令官として捕虜殺害（東海軍事件）の全責任を負ったことで有名になる人である。

すでにこの時期、人格者として巣鴨内で信望を集めていた。鳥巣も同室の青年から教えられていたが、東海軍の司令官と親しくなりたいという気持ちは持てなかった。ところがある日の運動時間に、岡田の方から声をかけてきたのである。

ごま塩頭の五〇代後半の元司令官は「東海軍の岡田ですが」と名乗り、「いろいろ御心配でしょうな、でもどうせなるようにしかならぬものですよ。何もかも『アメ』さんのやることですからな。自分でやるべきことをやったら、後はきれいさっぱり委せておくことですな。それ以上は、どうすることも出来ないのだから、それが一番でしょう」と語った。

「何か宗教的な方面をやって居られますか」

鳥巣は宗教に深い関心は持っていなかったが、巣鴨に来てからは花山教誨師の法話には必ず出席していると答えた。

「あなたの方の事件も中々厄介なものに聞いていますが、どうなろうと、動揺せぬ心の準備だけはしておくことですな」

さらに、「坐禅はいいですよ。こんな処では何と云っても、もって来いですな。やってみませんか」と勧めた。

「はい、やってみましょう。よろしく御願いします」

（二人のやり取りについては、前掲『再審査』所収「故岡田資さんを追慕して」より）

このときから二人はたびたび言葉を交わすようになった。ふつうの刑務所とは違い、巣鴨では収容者同士の会話は大目にみられていたし、看守は米兵だから話の内容が理解できない。第三者には聞かれたくないような話もできた。二〇歳近く年上で、仏教に造詣が深かった岡田中将はどんなことにも親身に耳を傾け、相談に乗ってくれた。彼は部下の兵隊から圧倒的に信頼されており、巣鴨では「岡田閣下」と呼ばれていた。しかし鳥巣には閣下という言葉がしっくりこなかった。「岡田さん」、いつもこう呼んでいた。

偽りの証言

一九四七(昭和二二)年八月も末近くなって、ようやく事件の取り調べが始まった。

この取り調べで鳥巣は事実と違う重要な証言をした。以前の供述書で鳥巣は二回目の手術の前に一人で石山に「手術中止を」と訴えに行ったと述べていた。それを翻し、平尾健一助教授と二人で止めに行ったと証言したのである。

平尾助教授も同時期に尋問されている。そこで彼は二回目の手術の前、森良雄講師と「この種の手術はやりたくない」と話し、自室にいた鳥巣の所に行き、手術のことを知らせ、「手術はやりたくない」と二人で石山の所に行き、中止を懇願したが、石山に叱責されて引き上げ、森の所に行き、石山の言葉を伝えたと証言している。

三人は口裏を合わせたのである。口裏合わせはどのように行なわれたのか。蕗子は田代夫人、野川夫人から聞いたこととして、「平尾氏、森氏は巣鴨の中でもよく連絡を取り合い、田代研究生、野川研究生が抑留される前に検閲なしの手紙を送って、取り調べの折、口述することをあらかじめ打ち合わせしていた」「森本（講師）夫人はその手紙を見せてもらった」と述べている。また、「看護婦たちにも連絡があったことを石山教授夫人は看護婦から聞いた」。看護婦たちとも口裏を合わせたということである（鳥巣蕗再審査嘆願書による）。

ところで、鳥巣はなぜこんな証言をしたのだろうか。

彼はこの時点では自分は無罪だと思っていた。一回目の手術については治療のためと信じて参加した。途中で気がついたので、鉤引きの手伝いをしただけだった。二回目は中止を進言し、一人目の手術には不参加、二人目はガーゼを渡したりするだけ。三回目と四回目は完全に不参加。つまり、メスは持っていない、助手さえしていない。このことが明らかになりさえすれば自分は無罪になると信じていた。自分は「手術はしていない」という意識であった。

その信念から他の人を気遣う気持ちの余裕があった。彼は逮捕前に妻に、「手術をした人々の方」が心配だと語っている。

収監されている「手術をした人々の方」のトップは平尾助教授である。助手を務めて、すべての手術に参加しているので重罪に問われるかもしれない。鳥巣は気遣った。もし自分が一緒に止めに行ったと証言すれば、少しは罪が軽くなるかもしれない。

こういう気持ちで口裏合わせに応じたのであろう。

しかし、この証言は、鳥巣が一人で教授を止めに行ったという事実を消してしまうものだった。

「僕は本当に一人で止めに行ったのだ」——鳥巣は後に妻に語っているが、一度正式の供述書で証言したことは、法廷で撤回でもしない限り、事実として独り歩きするのは当然のことである。

そのうえ鳥巣のこの証言は、裁判が始まると弁護団によってさらに拡大利用されることになる。

裁判開始

起訴

「九大生体解剖事件」、通称「相原ケース」(起訴された被告たちの姓名のアルファベット順で先頭の姓をケースの名称にした)の起訴が決まったのは一九四八(昭和二三)年二月三日である。軍関係者は西部軍司令官以下一六名、九大関係者は第一外科の助教授二名、解剖学教室の平光教授、医局員、研究生、看護婦長までを含む一二名(のちに二名追加。起訴された人数については、同時に立件された「人肉試食事件」(捕虜から摘出した肝臓を軍関係者と医師が食べたという事件。検事側の捏造とされ、無罪となった)の被告とダブっている)。

起訴後初めて弁護士との接見が行なわれた。主任弁護士はフランク・サイデル氏である。弁護方針は通常の裁判とは異なるものだった。

・弁護団は個々の被告の弁護を分担するのではなく、被告全員の弁護にあたる。
・合同裁判なので、一人ひとりの罪の軽重ではなく、全員の罪が軽くなるように努力する。
・生体解剖は石山教授の独断で行なわれた。石山教授にやめるように何人かで進言したが、彼は聞く耳を持たなかった。戦争という状況のもとで、医師たちは独裁的な上司・石山教授に逆らえなかった。これを前提として弁護を行なう。
・被告全員は弁護団の方針に従って行動すること。

軍事法廷なので、裁判の進行自体も特異である。最初の罪状認否のときに「無罪です」と宣言しないといけない。もし「有罪です」とか、「申し訳ありません、やりました」などと言えば裁判はそれで打ち切りで、いきなり刑の宣告になってしまう。無罪申し立てから裁判が始まる。

弁護士との打ち合わせは通訳を介して行なわれる。被告たちの言い分がアメリカ人弁護士に十分伝わったかどうか疑問である。

言葉の通じる日本人弁護士が頼り、これは被告全員が思ったことである。しかし、日本人弁護士は法廷に立てない、資料を提出するだけの存在である。鳥巣の日本人弁護士として福岡弁護士会の堤千秋弁護士がついていたが、それでもやはり心もとない話である。

蕗子が上京してきた。面会場でも暮らしの愚痴などは言わない。いつものように元気で、夫を力づける。蕗子はサイデル主任弁護士にも会って、「裁判は三月一五日から」と告げられていた。鳥巣は証人として貫助教授と田村医師、その他を呼ぶよう蕗子に頼んだ。蕗子は夫からの手紙が少しも届かないこと、翌日帰福することを告げた。

裁判開始を控え、福岡には社林調査官が出張してきていた。蕗子は社林から「あなたは証人として使うので、法廷で証言するまでは傍聴はできません。証言日は開廷してから通知するので、それまで自宅で待機するように」と言われた。

鳥巣のために証人に立とうとしている貫助教授も、五月末か六月初めに証人として出廷させるから待機するようにと告げられた。

軍事法廷

一九四八(昭和二三)年三月一一日、横浜で「生体解剖事件」の裁判が始まった。横浜地方裁判所は占領軍に接収され、BC級戦犯を裁くための軍事法廷とされていた。

ここで裁かれた事件の中で三つが有名である。三名の米軍捕虜を殺害した「石垣島事件」、フィリピン戦線で炎天下捕虜一万一〇〇〇人あまりを死なせた「バターン死の行進事件」、そしてこの「九大事件」である。

その中でもとくに九大事件は、「生体解剖」というおぞましい行為であるということと、裁かれるのが帝国大学医学部の医師という極めて社会的ステイタスの高い人々であり、さらに女性＝看護婦長が含まれているということで、報道陣が詰めかけた。

『朝日新聞』三月一二日付の記事はこう書いている。

「横浜裁判がはじまつてから最大の事件といわれる九大の『生体解剖』合同公判は十一日午前九時半から第一号法廷で開かれた。傍聴席は外人や被告人家族、内外記者団ら約三百名で超満員。真先きに姿をみせたのは横浜裁判唯一の女性被告、看護婦長筒井しず子〈三二〉の固くしまつた浅黒い顔、すこし遅れて元西部軍司令官横山勇中将、九大平光吾一教授ら二十九名の被告が一列になつて入廷……横山元中将は悟つたような和やかな表情、平光教授は学者らしく両手を前に組んで沈思黙考の形である。被告の家族は傍聴席から首を延ばし必死の面持で被告席を見つめている」

検事担当官三名、弁護人五名、日本人弁護士一〇名が着席して、午前九時半、裁判長トーマス・ジョイス大佐をはじめ六名の軍法委員が入廷し開廷。検事が起訴状による被告ごとの罪状項目を朗読した。二つの事件、つまり生体解剖とその後に行なわれたという遺体の肝臓を食べたとする事件とが起訴の対象になっていた。

九大関係の被告一四名の罪状は次のとおりである。

①生体解剖の共同行為
②殺害行為の実行
③遺体の解剖、切断、除去の共同行為
④その実行
⑤鄭重に埋葬しないという共同行為
⑥その実行
⑦事件発覚を防ぐために偽りの報告をし、合衆国による情報収集の妨害および西部軍と共同して隠蔽工作を行なった罪

西部軍関係被告人一〇名は九大と共同して、捕虜を正当に扱わず実験のために九大に送り込み、生体解剖をして遺体を冒瀆し、埋葬せず、事後の隠蔽工作を行なった。

肝臓試食については、五名の被告が解剖後遺体の一部を切り取り偕行社病院の宴席で食べたと

された。

午後再開の法廷で、サイデル主任弁護士は罪状項目にある食肉の件は削除してほしい、国際法に該当する条項がないと主張したが、却下。

公平を期するために分離裁判を要求したが、これも却下。

ついで、裁判長から各被告に「起訴事実に対し有罪か無罪か」と問いがあった。アルファベット順に着席していた被告たちは一人ずつ立ち……鳥巣も簡潔に「無罪」と一言、「全被告三十名、いずれも無罪を主張」と記事にはある。

先に述べたように、鳥巣は本当に自分の無罪を信じていた。この罪状認否の時点で彼の肩書は教授となっている（逮捕時は九大助教授と報道されていた）。

戦争法規に違反した罪を問われる軍事裁判である。裁判の召集をするのはアメリカ合衆国第八軍法務部長カーペンター大佐。裁判官は軍法委員。検事と弁護士はアメリカ人。前述したように、日本人の弁護士もついたが、法廷での発言はできなかった。

罪状認否で被告が全員無罪を申し立てたあと、事実の審理が始まる。

検察側の冒頭陳述につづき、証拠調べ、証人尋問がなされ、そののち弁護側の反論に移り、検事、弁護側の最終陳述をへて裁判所が事実の認定を行ない、有罪か無罪かを判定する。

無罪とされれば確定する。

有罪の場合は量刑の審理に移り、弁護側が情状酌量を訴え、そのうえで刑の言い渡しが行なわれる。その際、判決理由は告げられない。

控訴や上告はできない一審制であるが、「確認」という手続きがあった。有罪の被告は減刑の嘆願書を出すことができる。嘆願書が出されると、裁判記録はまとめられ、GHQが記録を点検し、事実認定や法の適用・量刑が妥当かどうか検討する。その結果は召集官である第八軍司令官に送られ、再度検討され、刑を確定する。この際、刑を動かさないことと軽くすることはできるが、重くはできない。裁判のやり直しを命じることもできる。死刑判決の場合は、さらに最高司令官マッカーサーの承認が必要である。この手続きを終えて初めて刑は確定するのである。この「確認」作業を再審とか再審査と呼んでいた。

フラッシュの嵐に見舞われ、鳥巣は茫然自失していた。すべてが悪夢の中の一日だった。早朝に巣鴨を出発し、帰り着いたときは日も暮れている。身体検査のため裸にされて房に帰るまで悪夢は続いた。翌日も、そのまた翌日も……。

証人尋問

二回目は三月一二日午後開廷で、検事の冒頭陳述が続いた。弁護側の異議申し立てもたびたびなされるが、ほとんどが「却下」である。三回目(三月一五日)は検事側が証拠を提出し、被告人に対して尋問を行なった。

五回目(三月一七日)。この日から検事側の証人尋問が始まった。鳥巣も証人台に立たされた。名前や地位を聞かれ、石山教授についての質問のあと、石山教授と東条首相との関係に移った。鳥巣は知らないと答えたが、ここで検察官と弁護士が議論を始めた。どうやら検察官は起訴状のストーリーに矛盾するとして尋問の打ち切りを要求しているらしい。法律用語が飛び交い、通訳されてもよく理解できない。尋問は突然終わった。

午後はワトキンス中尉が呼ばれた。彼が証言を始める前にも弁護士と検察官と裁判長の間で長い議論があった。日本人には理解しがたい裁判の展開である。

ワトキンス中尉は墜落したB-29の機長で、唯一の生存者である。立派な体格で、いかにも軍人らしい風采である。一九四五(昭和二〇)年当時は二七歳。

「一九四五年五月五日の出撃のメンバーは?」

「副操縦士フレデリックス、ナビゲーターのカーンズ、LTのシングルデッカー、プランベック、エンジニアのポンスカ軍曹、通信役の伍長ロバート・B・ウィリアムズ、砲手の伍長オズニック、ジョンソン、コールハウア、ザーネキー」

機長を入れて一一名である。全員が映っている写真が証拠として持ち出された。これについても弁護側から異議が出されたが、機長は出撃前にグアムで撮影したものと確認した。

後列左よりワトキンス，フレデリックス，シングルデッカー，カーンズ，プランベック，前列左よりジョンソン，ポンスカ，ウィリアムズ、ザーネキー，オズニック，コールハウア（公判資料より）

写真の顔はいずれも若く、シャツにズボン姿の少年もいれば、慌てて上着を羽織った下士官風の青年もいる。写真の下部にはそれぞれの名前が記されている。

このとき、鳥巣たちは初めて飛行士たちの顔と名前を知ったのである。

ついで尋問は、墜落時の状況から西部軍での待遇についてに移った。

どんな扱いを受けたか？　ワトキンス機長は、仮設収容所の部屋には何の設備もなくコンクリートの床に毛布もなしに放置されたこと、水も与えられなかったこと、食事はおにぎり一個と大根数片、同室のポンスカは負傷していたのに手当てもされなかったこと、ずっと手錠をかけられていたこと、私物はすべて取り上げられ、捕虜としてではなく捕獲された者(当時は「捕獲搭乗員」という言葉が使用されていた)として扱われたことを証言し、最後に一九四五(昭和二〇)年八月二〇日、大森の捕虜収容所から釈放された状況を語った。

この尋問では飛行士たちが捕虜として正当に扱われたかどうかが焦点だった。戦争捕虜について国際法は、殺したり虐待したりすることを固く禁じ、その階級に応じた適切な待遇を与えなければならないとしている。また、彼らが国際法に違反する罪を犯したとされるならば、裁判を開いて犯罪事実を立証しなければならない。これはヨーロッパの長い戦争の歴史の中で形作られてきたもので、「全力をあげて戦った末に降伏することは恥でも何でもなく、むしろ名誉なことである」という考えに基づく。

日本も第一次世界大戦頃まではこの国際法を守っていたようであるが、軍部ファシズムの台頭とともに「生きて虜囚の辱めを受けず」というファナティックな教条が支配的となって、数々の捕虜虐待事件が起きたのである。

法廷では飛行士が捕えられた時点の目撃証人の尋問も行なわれた。

阿蘇郡の警察官が、空から降りてきた二人の飛行士について証言した。

「二人は殺されていました。鉄砲で撃たれた後、槍で刺されて殺されていました」

この証言を聞いた日本側はどう思ったか?

空襲の恐怖の中を生き延びた人々である。落下してきたB-29の搭乗員を殺した人々をとがめる気持ちは持てなかったろう。家族を焼き殺され、こぶしを天に突き上げ「あいつら殺してやる！」と叫んだのは、わずか三年前のことである。

「靴や上着を奪って死体は埋めました。服や靴は小学校に寄付しました」

衣類も貴重品だったのだ。

生きて捕まったもう一人にはご飯や煙草を与えたという。

「二一歳だと言っていました。とても賢そうに見えました。心配でたまらないのをこらえているという感じでした。背が高く、焦げ茶の長髪で高い鼻、目は据わっている感じでした。非常に男前でした。ひどく心配そうなので、危害は加えないと言ったのですが、よくわからなかったみたいです。首には十字架のついた銀の鎖をしていました」

警察官は写真を見てプランベックを確認している。

「この人は私が見た飛行士です。笑っていますね、あのときは笑っていなかった……」

笑顔の写真を被告たちも見せられた。これが最初に手術された飛行士？　いやちがう、彼は負傷していた。

鳥巣は最初の飛行士たちが到着したとき、手術のための照明器具を取りに行っていて、彼らの動く姿を見ていない。鳥巣が見たのはすでに横たえられた身体のみである。見分けられるはずがない。

プランベック飛行士と英語で会話した獣医師も証言した。当時英語は敵性語とされ、口にするだけでスパイの疑いをかけられた。勇気ある人である。

別の場所で捕えられた飛行士の手当てをした地元の医師も証言台に立った。この飛行士は機長と一緒だったポンスカの可能性が高いが、確認はされなかった。

捕虜の名前がわかれば、手術で犠牲になった「人」が明らかになる。写真を見れば、解剖台上に横たわっていた「身体」が人格を持って立ちあがってくる。

写真を提供したのは故郷で帰還を待っていた父母や兄弟姉妹、妻である。どんな思いでサインをしたのであろう。

蕗子はあの夜、夫を諫めた。

「もし私が、米国軍人の妻でありましたなら、なぜ夫は手術されたのだろうか、手術されなかったら自分の夫は死ななかったかもしれないと思います。……戦場で軍人が殺されるのは仕方ありませんが、手術で死んだら……」

結局、捕虜は特定されなかった。一一名の飛行士のうち、機長以外は一人も生還しなかったこと、八人の捕虜が九大に送られたことだけが証明された。

第六回公判からは、軍関係の証人尋問が始まった。軍律裁判をせずに捕虜を殺した責任を明らかにするために、指揮命令系統に関する尋問から始まった。

すべての発端である「捕虜は適当に処置せよ」という指令はどこから来たのか？　西部軍は「生体解剖」を命じたのか？　最高責任者は誰か？　次々と軍関係者が証言台に立たされたが、その証言は互いに矛盾しており、責任のなすりあいに終始した。

わずかに九大の医師から実験手術を行ないたいから捕虜を引き渡してくれるようにという願いが出されたような気がするという、はなはだ曖昧な証言が得られたのみである。結局、命令系統も責任の所在も明確にされないままになった（以上は法廷証言記録による）。

軍関係者の二転三転する責任逃れの供述を、被告席で鳥巣はどう聞いたのだろうか。

「軍隊は決して責任を取らないものだ」と鳥巣は後年、著者に語った。

下の者は上の命令に従っただけだと言い、上の者はさらに上の者の命令に従ったのみと言う。上の命令に逆らえば処罰されるから仕方がなかったと主張する。最も上の者は部下がしたことであり、関知しないという。軍隊の仕事はつまりは人を殺すことなのだから、いちいち責任を感じていたら戦えないという理屈である。

軍服を脱いだ高官たちにかつての威厳はかけらもなかった。彼らを恐れた医師たちは参謀の軍服に幻惑されていたのだ。そして、言うべきことを言わず、するべきことをしなかった。

「証人は呼ばない」

三月三一日、鳥巣は日本側弁護士に第三回目手術の不在証明、証言・証人を改めて依頼した。しかし証人は呼ばれなかった。弁護団が拒否したのだ。なぜか？

弁護には最初から矛盾があった。軍人グループと九大グループを同時に弁護しなければならないのである。

「すべての責任は軍にあり、医師たちは銃剣の圧力のもと、反抗できず手術に参加した」と主張すれば医師たちは救えるが、軍人たちは救えない。「事件は医学部の責任で軍に責任なし」とすれば、九大全体の責任を問わねばならない。ところが九大当局は当事者が勝手にしたことで大学は与り知らぬと宣言している。

弁護団は、すべての責任を死んだ石山教授と小森軍医見習士官に負わせ、手術の参加者は独裁者であった教授の命令に反することができなかったとして、寛大な処置を要求する、軍については、佐藤参謀が二人に許可を与えただけで命令したわけではないとする方針をとっていた。

検事側は、九大の石山教授が軍と共謀し生体解剖を実行したもので、第一外科の弟子たちと看護婦長は集団として共同正犯であるという立場に立っている。

自由な意思で参加すれば共同正犯、強制されれば従犯、この違いは大きい。弁護団は九大医学部の封建性や石山教授の独裁者ぶりを明らかにすることによって、医局員は自由な意思を持てなかったと反論する方針であった。医局の誰一人として石山には逆らえなかった。もちろん、進んで協力したわけではない、鳥巣と平尾で止めに行った。しかし、独裁者石山は弟子を怒鳴り飛ばして強行した。弟子たちはいやいや参加した、というストーリーである。

ところが、ここに問題があった。鳥巣は中止を諫言しただけではなく、三回目は他の用事を口実にして不参加を表明して不在だったのだ。四回目は、そもそも休暇で不在だった。平尾の供述でも三回目、四回目の手術に鳥巣が参加したという証言はない。社林調査官は、このことに関して鳥巣の妻・蕗子に証言させると約束している。貫助教授も呼んで証言させることを予定している。蕗子や貫の証言をどう扱うか。

手術に反対しただけでなく、参加しなかった医師がいたということ、またそれを理由として罰せられた形跡がないということは、「誰も逆らえなかった」というストーリーに不都合になる。弁護団は、鳥巣の要求した証人喚問も、蕗子や貫助教授の証人喚問もさせないことをすでに決めていた。

「子を思う親心は闇」

四月に入ると軍と医学部の関係ということで、軍嘱託教授をしていた医師たちへの尋問に移った。

最初に、操坦道《みさおたんどう》教授が証人台に立った。嘱託会議の内容などを証言した後、医学部の封建性、教授の強大な力を述べ、「自分が助教授であったら石山教授の命令に反抗はできなかったろう」と証言した。これを聞いて鳥巣は気持ちが軽くなるのを感じ、自分たちに有利な証言をしてくれた教授に感謝の気持ちを持った。

操教授のあと、次々と九大教授が証人として呼ばれた。そのなかには戦後医学部長になり、石山に辞職を迫った神中正一教授や、石山と代用血液の開発で張り合っていた友田正信教授もいた。七日には中島良貞九大附属病院長が呼ばれた。久しぶりに見る病院長は顔色も悪く、痛々しいと鳥巣は感じた。受け答えもおどおどして、以前とは別人のようだ。

証言は三日間にわたった。弁護側からの反対尋問に答え、院長は医学部では教授の権力は絶対で、弟子の一生を支配すると述べ、したがって医局の雰囲気は教授の性格に左右される、石山教授は弟子の意見をまったく聞かない独裁的な人であった、批判的な弟子を憎悪したと証言し、その例として自分の娘婿のことを語り始めた。

平尾は石山に批判的だったとして、こう証言した。

「平尾を嫌って石山は鳥巣教授を呼び戻し、助教授平尾の上位に据えました。そしてそれまでは平尾が石山の助手をしていたのに、このちは鳥巣だけが常に石山を助けることになりました。平尾は専門部で講義もしていたのですが、これ以後させてもらえなくなりました。X線の責任者

の地位も取り上げられ、鳥巣に与えられました」（傍点著者）

鳥巣は驚いた。鳥巣を教授と呼び、石山のパートナーと印象づけようとしている。鳥巣が協力して手術を行なったことにしようとしている。石山に従った娘婿の罪を軽くするために？

当初、他の人々が自分の手術不参加を証明してくれるだろうと信じていた鳥巣は甘かった。それだけではない、中島証言は鳥巣を石山に次ぐ責任者の地位に押し上げることになる。専門部教授は鳥巣だけだ。単なる助教授ではない、すべてを取り仕切る石山外科のナンバー2。

中島証言はさらに石山教授と平光教授の比較に移り、石山を批判し、平光をかばった。

平光教授に関しては、先に述べたように救出グループが早くから「平光は生体実験手術とは知らなかった。弟子たちに命令さえしなかった」という線で動き、弟子の五島四郎への工作も行なっていた。

しかし、「解剖実習室は貸しただけ。石山が勝手に入ってきて、手術をやった。解剖の指令は出していない、部下たちが自主的にやった」という主張には無理がある。そのうえ、ただ一人の教授という肩書はあまりにも重い。

平光教授を救うためには事件全体を率いた別の人物が必要だ。教授の肩書をもつ人物が。

救出グループの和佐野助教授はすでに「鳥巣は教授で平光と同格」という証言をしていた。

こうして中島サイドと平光サイドの両方から、鳥巣は教授だ、中心人物だという虚構が作り上げられ、弁護団はそれを利用することになる。

「名前はプランベック」

四月二三日の法廷は、通訳官を務めた中尾寿喜郎少尉の証言で始まった。

「彼らは戦争捕虜として扱われていなかったと思う」

また、「一九四五年の四月か五月初め、東京から電信が来た。それには『価値ある情報を持っている捕虜だけを東京に送るべし。他の捕虜は適当に処分すべし』とあった。この指令は大本営第六部から来たと思う。第六部は情報を掌っていた。それ以後は価値ある捕虜を二人東京に送っただけだ。一人はワトキンスだ。残った捕虜は皆殺しされた」と証言した。

さらに、小森と佐藤に呼ばれ捕虜との通訳を頼まれたこと、二人の捕虜を護送したことを証言し、次のように述べた。

「負傷している飛行士は医師や看護婦のいる部屋に入れられました。小森が飛行士に治療を始めるから横になれと言いました。飛行士は無言で横たわりました。医師や看護婦が彼を縛りつけました。それからもう一人の飛行士のいる部屋に小森と行き、予防注射をするから横になって休むようにと言いました。飛行士の名はプランベックでした」

では、一回目の手術の二人目、肺を切り取られて絶命した捕虜がプランベック！　不安にさいなまれていたという二一歳。あまりに怖がっていたので「危害は加えないよ」と警察官が言いきかせたという若者。あのとき、彼の肺に異常がなかったのを鳥巣は確認した。

証言は続く。

「(第一の手術が終わってから)私たちが待合室に入って行ったとき、飛行士は眠っていたようです。顔にガスマスクをかけられたとき、彼は『おー、エーテル』と呻きました」

若者は最後に自分が何をされるかを悟ったのだ……。

裁判が進行するにつれ、鳥巣にも生体実験の全貌が見えてきた。知らなかったことが次々に明らかにされていく。四回の手術の全容、教授の研究課題に忠実に沿って行なわれた実験内容。生きながら実験され解剖され、埋葬さえされなかった若い捕虜たちが、顔と名前を持つ人間として立ちあがって、被告席に向かってくる。

石山は軍の命令でやむなく実験手術をやった。医師たちはそう信じた。軍の命令だから石山教授は拒否できなかった。自分たちも拒否できないと思い込んだ。みなそう供述した。鳥巣もそう信じていた。

ところが意外な証人が現れた。福岡市内で外科病院を開業していた佐田正人医師、鳥巣の親友でもある。彼は九大での手術の前に小森見習士官から、「手術のために米兵捕虜を君のところに回そうか」ともちかけられ、「自分の病院では無理」と言って断ったというのである。

つまり、断る自由だってあったのだ。それを石山はあえて受けた……。進んで実験手術をしたとしか言いようがない。

もちろん、軍の捕虜殺害の片棒を担がされたことははっきりしている。軍は無責任だ。軍の内部ではお互いに責任を押しつけようとして右往左往。しかし、責任を回避しようとしているのは軍だけか？　手術は教授一人で行なうものではない、チームプレイだ。実験手術と認識して参加した者にはやはり責任があると言われても仕方がない。少なくとも助教授や講師は実験手術だということはわかっていた。それなのに止められなかった。その責任はどうなる？

林春雄証言

五月二〇日、林春雄博士が検察側証人として登場した。七四歳、東京帝国大学名誉教授、日本学士院会員、貴族院議員。当時の医学界の頂点にいた人物である。医師なら誰でも知っている。供述調書の確認が日本語で行なわれたのち、証言が始まった。

林博士は調書に付け加えて、助教授以下医局員が患者の健康を損なうような手術に参加することを命じられたらどうすべきかということについて、「私がその立場なら参加しない。医学は、治すもので殺すことではない」と見解を述べたあと、「日本では手術中は執刀者の命令は絶対で、手術が始まったら助手やナースは服従するほかはない。ことに九州は封建的な土地柄である……

裁判にあたって、この点は考慮してほしい」と希望した。

「もし、（教授の）部下の医師が、手術に参加した後で違法な手術に気がつき、次回同様な手術への参加を要求されたらどうすべきか」

検事の質問は核心を突いた。

「もし、一回目の手術が違法なものと気づき、次回の手術も同様のものであるならば、参加すべきではない」

博士はきっぱりと言い切った。

弁護側反対尋問に立ったサイデル主任弁護士は、

「もし、戦時中の一九四五年五月で、その場に軍隊が来ていて、軍の命令と信じていても、答えは同じか」

と迫った。

「私は手術が不必要なもので、してはならないものだと知ったら、手伝わない」

「主任教授に命じられたら？」

「主任教授に手術はすべきでないと忠告し、手術には参加しない」

「拒否したら軍から罰せられると思ったら？」

「もし軍が私を罰したければ罰したらよいと思うばかりである」

「手術が始まっていて、将校が立ち会い、軍のトラックと武装兵士がいるという状況で、あなたが医局員で手伝いを命じられていたら?」

一連の質問はまさしく鳥巣のケースを突いている。

「もし、そんな状況があったら、それは軍自体の命令というよりもならず者の命令だと思う。私は命令には従わないと思う」

主任弁護士は当時の博士の年齢や地位を持ち出したが、

「年齢は関係ない。二〇歳であろうと八〇歳であろうと正しいことは正しい」

最後の質問は嫌みとも取れる。

「あなたの答えはあなたの名声を維持したいという願望によって影響を受けていないと言い切れますか」

検事は猛烈に抗議し、裁判長は証言の終わりを宣した。

林博士を見送る傍聴席の目は恨みを含んだものだった。占領軍におもねる曲学阿世の徒という声さえあがった。被告の多くは林証言に強く反発した。

しかし、鳥巣は胸をえぐられる思いだった。

林博士は正しい。生体解剖は許されない罪悪だ。実験手術とわかってその場にいたこと自体も罪だ。命を懸けて止めるべきだったのだ。

鳥巣は知らないで参加して、実験手術と気づいた。だから教授を諫めた。中止してくださいとお願いした。途中から参加を拒否もした。しかし結局、手術を阻止することはできなかった。あのときもっと強く教授に迫っておれば、あるいは……いや、自分はそうはしなかった。

五月二〇日の鳥巣の日記

〈林先生の証言は、その一言一言が私の肺腑を突き沈痛な思ひに悩みはつきず。げに真理は簡単である。私が参加したことに対する如何なる弁明も、何の役にも立たぬことを改めて認識した。私はかつて検事調査の折「従はなかつたらお前は殺されるか」との答えに暫し窮したことがある。

事件当時の事情、環境や私の心境が如何にともあれ、「医師は治療することで、殺すことでない」といふ林先生の証言に、この日改めて、医の常道の陳述をきき、身の震えるを如何ともなし能はず、身の不徳、哲学の喪失した非人間の姿をわが身に見る想ひ切なり。

又しても「当時何故もつと意志強く迫らなかつたか」といふことが今更ながら未練がましくも残念の極みである。

「後悔先にたたず」「覆水盆に帰らず」といふこと、正にかくの如きか。人間の風上にも居られぬ自分であつたことの反省しきりなり〉（前掲『再審査』）

この日を境に、鳥巣は自己を正当化できなくなった。もはや一切の言い訳は許されないとの思いが彼から言葉を奪った。

鳥巣の心境の変化は、弁護団によって思いもかけぬ方向に利用されることになる。

スケープゴート

大学の立場

検事側は、事件の背後には九大医学部トップの意思も働いていたのではないかとの追及に移った。しかし当時の医学部長大野章三は、実験手術とは知らなかった、戦後、教授の一人から聞かされて初めて知ったと主張した。

「学部長として、そのようなことが行なわれたのは大学の不名誉と思わなかったか」と迫られても、「考えたこともありません」と主張しとおした。

他の大学関係の証人たちも大学の立場を考慮して証言する(再審査嘆願書での森良雄証言)ので、学部長の主張が崩されることはなかった。

学部長の許可と教授の命令があれば反抗はできないと考えられ、医局員たちの責任は軽くなるはずだ。ところが、そうは考えないのが九大医学部の名誉にこだわる医師たちの固定観念なのだ。

すべて上の命令であると主張する軍人たちとは対照的である。

「総長も学部長も知悉していたと考えていた」と野川研究生、「軍と大学、石山教授、北條教授等が決定された」と森講師が証言するのは、ともに判決後の再審査嘆願書においてである。

消された証拠

福岡で蕗子は焦慮の日々を送っていた。新聞紙面には「生体解剖」が大きく取り上げられ、「宴会に人間の肝」「野蛮」「冷酷」等々の文字が躍る。早く法廷で夫のために証言したい。証人に立つ日を待っていたのは蕗子だけではない、貫助教授も弁護士に呼ばれて四月に横浜に出かけ、五月末か六月初めに証言するようにと言われていたので、福岡で待機していた。ところが突然、貫助教授も蕗子も証人として呼ばれないことになった。驚いた蕗子は上京して社林調査官に面会を申し入れた。

「合同裁判だから、あなたの夫だけ証人を使うわけにはいかない。他の人々には不在証明をする証人がいないので不公平になる。それは民主主義の原則に反する」

当時、「民主主義」は切り札だった。蕗子も貫証人も使わないことになったという決定を社林調査官は蕗子に伝えた。

「もし鳥巣さんが手術を嫌って参加しなかったということが明らかになったら、鳥巣さんの罪は軽くなるが、代わりに平尾さんの罪が重くなる」、そうも言った。

手術に参加した人間と不参加の人間が同等の責任を問われるのはおかしいと蕗子は反論した。夫が参加しなかった手術に平光教授は参加している。「証人打ち切りの理由は納得できません」と迫るが、調査官の答えは同じである。

「証人が無理でも証拠は出せるはずです」。蕗子は食い下がった。「貫先生の証明書、義母の死亡診断書は客観的な証拠書類です」

証拠も出さないという返事だった。

蕗子は日本人弁護士にも相談に行った。弁護士は「ご主人はいちばん関係が浅いので、そんなにご心配されることはありませんよ」と言うばかりであった。

日本人弁護士は頼りにならない。彼らは法廷に立つこともできない。調査官にいろいろ資料を渡すだけである、さらに調査官はその資料を取捨選択してアメリカ人弁護士に伝達する。

直接、弁護団に当たろう。蕗子はサイデル主任弁護士を横浜に訪ねた。

「もし、あなたを呼べば、全家族を呼ばねばなりません。そうすれば収拾のつかない事態になって、全共同被告を試練に晒すことになります」

蕗子の詰問に対してのサイデル氏の答えだった。

貫助教授は第三者である。証人として呼んでも問題はないはず。

「私は全被告の弁護士です。鳥巣氏のためだけの証人喚問はできない」

さらにサイデル氏は重要なことを言った。

「鳥巣氏は立派なジェントルマンだ。二回しか手術に参加していないことはわかっています。そのうえ、その二回も執刀していない、それも承知です。しかし、このケースでは『責任』が主たる争点です。事件に関わったかどうかではなく、彼の当時の『地位』が争点なのです。鳥巣氏は最重要な人物でした」

「主人は助教授でした。石山先生が執刀されるときは手術もできるし、手術後の治療もできました。でも、主人は実験手術には参加したくなかったんです。助教授の義務として一回目の手術はお手伝いしましたが、それは実験手術と知らなかったからです。二回目のときは先生に手術の中止をお願いしました。軍と石山先生の命令があったのに三回目も四回目も手術には参加しませんでした。命を救う以外の手術には参加しないと決心したからです。主人が参加をやめた後でも他の方々は参加されました。他の方々の行なったことの責任を主人がとることはないと思います」

「全被告は共同で裁判を受けているのです。私は全員のために弁護しているのであって、個々の被告の弁護はできません。全員のためにベストを尽くしています」

サイデル弁護士は言い切った。

鳥巣に関する証拠書類は一切法廷に出さないと、すでに弁護団は決定していた。

鳥巣の手術不参加の事実が抹殺されただけではない、鳥巣の『地位』をめぐってのストーリー作りが進められていた。

すべてはストーリーどおりに

弁護側反証が七月七日から始まった。まず弁護人が検事側の立証について反論を述べる。同時に進行している肝臓試食事件についての反論。西部軍関係被告、第一外科、解剖学教室、弁護団は分担して反論を述べる。そののち証人を呼んで立証する。被告も証言台に立つ。もちろん検事は反対尋問を行なう。

弁護団は、以下のような線で弁護を進めてきた。軍人側についてはこれまでの審理の結果、軍の正式な命令書の存在は証明されなかったから、出されなかった。軍の命令ではなかった。医学部関係については小森と石山の個人プレイ。医師たちは、石山はファシストで逆らえなかったし、軍の命令だと思っていたから従うほかはなかった。

しかし、この線で軍人裁判官が納得するだろうか？

B級裁判の結果、次々と死刑判決が出ている。

法廷では司令官は命令しなかったと言い、将校は命令を伝えただけだと言い、兵士は命令に逆らえなかったと言う。多くの場合、命令書は残っていない（終戦直後から占領開始までの間に焼き捨てられた)から、司令官の罪は実証されない。兵士には裁量権もないし、命令に逆らえば抗命の罪で処刑だ。これは考慮される。罰せられるのは現場の指揮官だ。命令を下したのはみんな知っているし、理屈のうえでは意見を述べることもできたはずだから。

九大事件の場合、現場指揮官は石山と小森。平光は協力者。小森、石山は死んでいる。医師団は兵隊の立場で、誰も死刑にはならない? B級裁判の中で最も注目を浴びている「生体解剖事件」。この残虐きわまる事件で、そんなことがありうるか?

検事側は参加した医師全員に極刑を要求するだろう。それを防ぐには誰か一人に全責任を取らせなければならない。その人物に石山の身代わりになってもらう。その他の医師は従犯として刑の軽減を図る。なるべく多くの被告を救うのが弁護団の義務である。全部の被告を救うのが無理だとしたら、誰か一人に十字架を負わせるしか方法はない。

現場指揮官で一番地位が高い者は「教授」である。

しかし、平光教授は第一外科の人間ではないので全責任は負わせられない。石山との共謀が認定されれば別だが、彼は知らなかったことになっている。

法廷での中島証言と、法廷外での和佐野証言によれば、鳥巣は第一外科ナンバー2の教授で教室のすべてを取り仕切っていた。生体実験と知ったうえで仕切ったとしても少しもおかしくない。それに戦後、石山と軍の連絡役を務めたのも彼だ。

鳥巣に全責任を負わせ、他の被告を救う。これが弁護団の結論だったにちがいない。このためには鳥巣の説得が必要だった。もちろん、「あなたをスケープゴートにしますよ」なんてことは言えない。すべてはグループ裁判だから弁護団の方針に従って供述しなさいと言い聞かせるしかない。

サイデル弁護士は鳥巣に言った。

「裁判は個人的に行なわれるものではない、本当のことを言ってはいけません。あなたが教授の命令に従わなかったという事実や、二回目の後は参加していないということは決して言ってはいけません」

社林調査官も、証人に立つ鳥巣に「あなたは、佐藤のパーティは二回目の手術の後だと言っているが、平尾と森は三回目の手術の後だと言っているから、あなたも法廷では三回目の後だったと証言しなさい」と指示した（サイデルと社林の発言については、前掲『再審査』、鳥巣蕗再審査嘆願書による）。

鳥巣はさすがにこれには従えなかった。やむなく記憶がはっきりしないと言った。これは鳥巣が自分の意思で参加を拒否したという事実を消すための工作である。二回目の手術の後の宴会で真相を知ったために、鳥巣は三回目の手術の不参加の決心をしたのである。だから四回目の手術の存在さえ知らなかった。もし宴会が三回目の手術の後に行なわれたのであれば、そもそも四回目の手術には鳥巣は不在であるので、不参加の決意をするというのは意味がなくなる。弁護団が被告に不利になるような嘘をつけと命じるなど信じられないが、それに従う鳥巣はどういう思いだったのか。

鳥巣は後に上坂冬子氏に語っている。林春雄証言を聞いたとき「私は被告席でしゅーんとしてしもうて、以来腑抜けたように何も言う気になれんとです。……それまでは多少言い逃れたい気を持っておりました。しかしあれ以来目から鱗が落ちたように助かろうという気は全くなくなり、諦めがついたとですよ」(『生体解剖——九州大学医学部事件』所収「いま、当事者は語る」)

何も言う気がない、あきらめた鳥巣の説得は容易だったろう。

平尾と森の間の調整も必要だったが、それは可能だったはずである。鳥巣と違い、彼らは検閲なしに文通を自由に行なえたのだから。どうしてそんなことができたのか? 著者は蕗子に聞いたことがある。

「お金の力だろうね」

金や力ある後ろ盾を持っている被告とそうでない被告との扱いの差があったのだ。

こうして、九大事件の首謀者は小森と石山、石山の協力者は鳥巣、鳥巣はすべてを承知し教授の片腕として手術を取り仕切った、四回目は不参加だったがそれはたまたま不在だったから、教授鳥巣の死刑はやむなし、他の第一外科の参加メンバーと平光教授および弟子たちは有期刑、有期刑であれば次の展開がある、こういうストーリーができあがった。検事側が納得するように、このストーリーに沿った弁護活動をする。

判決後、サイデル主任弁護士が被告の家族に語ったという「絞首刑は鳥巣さん一人でよかった」という言葉(前掲『再審査』)がすべてを物語っている。

蕗子は毎日のように傍聴に通っていた。夫に関係する証言は一言も聞き漏らすまいと耳をそばだてた。不可解な証言が続いた。

「鳥巣先生は第一外科の手術のときは必ずいた、あの日もいただろう」

「鳥巣先生は石山教授の第一助手だった。いつも手術の助手をしていた。あの手術のときもいたかもしれない……」

「鳥巣先生の写真を見たが、この人もいたかもしれない」

「かもしれない」ばかりだが、これが重なっていくと鳥巣はすべての回に参加したというイメージが作られていってしまう。

蕗子は苦慮した。日本人弁護士や社林調査官に、せめて貫助教授の証人喚問をしてほしいと要請したが、取り合ってくれない。

「ドクター鳥巣が自分で証言することです」

社林はそう言うばかりだった。

「平尾先生、森講師や仙波さんも、鳥巣先生は三回目以降参加していないと証言してくれるはずですから、そんなに心配することはありませんよ」

日本人弁護士はなぐさめ顔に言うだけだ。

被告人証言

証言台に立つ四人

七月一九日、被告本人の証言が始まった。第一外科関係で証言台に立つのは森講師、仙波特別研究生、鳥巣、平尾助教授、の四人である。

最初に証言台に立った森は、三回の手術に参加し、執刀もしている。手術が軍の命令であったと信じていた。軍の命令には逆らえなかった。当時、九州の有名な国会議員が戦争を批判したという理由で憲兵隊に引っ張られ、自殺したが、人々は殺されたのだと噂していた。このように主張し、当時の状況では反抗は不可能だったと強調した。

鳥巣の名前は二回出てきた。

一回目は、第一外科の中の医師の序列について検事から聞かれたとき、「手術のときは鳥巣助教授、彼は医学専門学校の教授だった。大学の医学部の平尾助教授、私、大学医学校の講師、主任がいた」と森は答えた。鳥巣が医局中第二位にあったという証言である。

二回目は、検事が「鳥巣は昨年九月、あなたが大学を移るについて手技を訓練するために胃や心臓の手術をしたと言った、と証言しているが、本当か」と尋ねたときである。

「なぜ、鳥巣さんがそんなことを証言したのか、嘘だ」

森は憤然として答えた。

二〇日に仙波の証言が行なわれた。仙波の親が石山の親友だった関係で、特別研究生として石山教授から直接指導を受けていた。

「石山先生が暴君だったといいますが、それは違う。先生は封建的だったかもしれない、けれど、当時の日本では普通の大人はみな封建的でした。先生が怖くて手術に参加したわけじゃない、僕らが怖かったのは軍隊です。当時の軍はあんな手術を命令できたんです。もし従わなければ厳罰が下される、みんなそう信じていました。外には兵隊、室内には高級将校、何か言うなんてとんでもない」

彼はまた、「鳥巣助教授の指導を受けて研究していた」とも証言した。

二人とも、蕗子が切望していた鳥巣の不参加については何も証言しなかった。

あなた、証言台に立って、本当のことを言ってください――。蕗子は祈るばかりだった。

「焼き殺されても抗議すべきだった」

続いて鳥巣が証言した。

「何回の手術に参加したのか」

サイデル主任弁護士が質問する。

「二回です」

「どの回の手術か」

「参加したのは第一回目の手術と第二回目の手術です」（二回目は半分だけですよ、正確に言わないと！）

「いつ、実験手術と気がついたか」

「第一の手術の途中で気づきました。二人目の手術で確信しました」

「なぜ、手術の継続を拒否しなかったのか」

「先生は私に軍の命令であると言われました。私は先生を尊敬していましたから信じました。そのうえ、そこには上級参謀が兵士を率いていました。私の軍での経験から、これは軍が決定し計画したもので、軍の命令で行なわれるのだと確信しました」

鳥巣は軍の力がいかに強大であったか、反抗すれば処罰されると恐れたと述べた。さらに、二回目の手術のときには平光教授もいたので、彼も軍の命令で部屋を貸さざるをえなかったのだと推測したとも述べた。

三回目の手術については、

「専門部の会議があったので、そのことを言うと先生は参加しなくてよいと言ってくれた。専門部の仕事は私の義務ですから」（参加を拒否したと言わなければ不参加は偶然ということになってしまう……）

四回目の手術のときは、

「大学を留守にしていました」（休みをとって佐賀の実家にいたのに……）

「実験手術が軍の命令でなかったと知っていたら、どうしたか」

鳥巣は石山に大学に呼び戻されたときに受けた訓示について語った後、こう続けた。

「もし、石山先生がご自分の判断であんなことをされていると知っていたら、私は手術をやめてほしいと頼んで、それでも聞かれなかったら、参加を拒否したでしょう。そして大学を首になっていて、罪を犯すことにはならなかったでしょう。私は犯罪に関わるようなことで、石山先生に反対するのは怖くはなかった。私は軍が怖かったのです」

「軍の命令だと信じていたのか」

「信じていました。軍は満州事変、五・一五事件の頃から、軍の威力や権威を高めるために、違法な行為を繰り返していました。合法的であろうと違法であろうと、どんなことでも権力を使って、やりました。そんなわけで民間人は軍のやることならば違法なことも正しいことだと思い込んでいました」

「実験手術を止めるために何かしたか」

「第一回目の手術のあと、もうこんなことは二度と起こらないと思い込んでいました。けれども、数日後、先生はまたやるから手伝えと言われました。私は困ったことだと思い、医局員を代表して石山先生に中止を要望しました」（えっ、そんなことは聞いていない。一人で行ったはず。いつの間に代表なんかにされているの？）

「このような場所であんなことをするのはよくない、医局のメンバーは参加したくないと思っています。きっとごたごたが起きます。手術が軍の命令で、どうしてもしなければならないのでしたら、軍病院のほうでやってほしい。……石山先生は怒鳴り声を上げ、何度も軍の命令だと繰り返しました。

私は今でも、軍の命令と信じています。当時の状況からみても。また、佐藤参謀の招待で行なわれた偕行社の宴席で、佐藤さんは我々をねぎらって『お骨折りご苦労さまです』と言いましたから」

実験手術に関わった人々が演じた役割についての質問には、

「石山先生は通常の手術のように指示を出された。指示に応じて手術の助手役をした人々、その他の人々＝準備の仕事をした人、注射係、器具渡し、ランプ係……。その他の人々は実験手術に参加したとは言えないと思います」

部下をかばった発言である。

「何か言いたいことがあるか」（手術に参加したくなかったから欠席したと証言してください！）

「私の尊敬する林博士がこの法廷で証言されました。どのような状況にあっても私たちのようなことはしなかっただろうと。先生の言われたことが真実です。私は胸をえぐられる思いだった。私たちが直面したあの状況、あの雰囲気、それを説明できたら先生も理解してくださるとは思うが……。

私たちは『ヒポクラテスの誓い』（欧米で医師になる際に行なう医の倫理を守るという誓い。医聖ヒポクラテスにちなむ）こそしていなかったが、法医学の教えには同じことがあった。当時、軍の圧力は頂点に達していた。私たちは何が正しく何が間違っていたか判断できなかった。軍の圧力の前に盲目になっていた。

私は不必要な手術と知ったときに、出て行くべきだった。どんな困難があっても。今は断固手術を拒否して手術から手を引く自分を夢に見ます。私はたとえ焼き殺されても抗議すべきだったのです！　それがすべてです」

切々とした言葉だった。

ついで検事の反対尋問に移る。これは二日にわたって行なわれた。七月二一日の反対尋問で、偕行社でのパーティについて聞かれた。パーティは二回目の手術の後に行なわれたと鳥巣は蕗子に語っていた。しかし鳥巣の証言は、

「いずれかの手術の後だった。私はどの手術の後だったか正確にはわからない」（なぜそんなことを。あのパーティに出て、三回目からは参加しないと決心したのじゃありませんか）

次々と繰り出される検事の質問は蕗子の不安を増すものだった。

「あなたは、第一回目の手術の後、縫合された糸を切った、と佐藤が供述している」

「そんなことはしていない」

「戦後の軍との話し合いで、飛行士は被爆死したことにするという案が最もよい、とあなたは発言した」

「そんなことは言っていません」

「あなたは石山、平光とともに隠蔽工作の中心だった」

「ちがいます」

「あなたは仙波の上司だろう」（仙波さんは特別研究生で石山先生の直属だったのに）

「ちがいます」

「三回目の手術のとき、これは癲癇の実験材料だとあなたが言った、と仙波が供述している」

（三回目の手術には参加していないのに、なんでそんな……）

「そんなことは言っていない」

「頭蓋骨にドリルを入れたのは平尾かあなたか」

どちらがやったかはっきり答えよ、と検事は迫る。さすがに異議が出て、やっと鳥巣は、「私は脳手術に関係していない」と答えることができた。

「第一回の手術の後で野川がなぜこんな不必要な手術をしたのかと尋ねた。あなたは教授の意思でどうすることもできないと言った。野川の供述調書をここに提出する用意がある」

「それは覚えている、第二回目の手術の後だった。我々が教授に抗議と要望をした後で、そう言った」

「あなたは、平尾と一緒に解剖にも立ち会った」

「ノー」

「小森の死にも立ち会った」

「ノー」

「第一の手術の二、三日前、あなたは野川と一緒に解剖室に行った。ハンマーとペンチを持って。そしてトタン板のついた箱を探させた。手術に使えるようにと言った」

「そんなことはない」

「手術台に使うための板だった。しかしそれはトタンが錆びていたので使われなかった」

「そんなことは絶対にない」（あるわけないでしょう！　平光先生の許可なしに解剖室に入ることなんかできない）

尋問はレントゲンのことなど細々と続いていく。

蕗子ははっきり悟った。検事は鳥巣が手術のあることを前もって知っており、主導的に手術に関わり、隠蔽工作の中心であったと誘導しているのだ！　それにしてもなぜ、夫はこんな曖昧な証言をするのだろう。

「何かほかに言うことはありませんか」と最後にサイデル弁護士が促した。

（きっと夫は本当のことを証言するだろう）

「私の供述書の二一四ページに、二回目の手術のとき、森君が鹿児島大学に行くからこの手術をしたいと言ったとありますが、私はこんな証言をした覚えはありません。日本語に訳してもらったときに気がつきましたので、今年の一月二一日の文書で訂正を要求しました。検事が来たときにも言いました」

それは抗議だった。

鳥巣は自分の有利になることは何も供述しなかった。蕗子はすぐ夫への面会の手続きをとった。

平尾証言

続いて平尾助教授が証言台に立った。

「なぜ実験に参加したのか」

「最初は実験手術と知らなかったのです。一回目の手術の途中から変だなと思いました。手術が終わったとき、不必要な手術をしたのだと悟りました」

「なぜ、続けての参加を拒否しなかったのか」

「軍の命令だと思い込んでいました。当時、軍の力は強大でした。軍を批判しただけで罰せられた。たくさんの例を知っています。命令に従わなかったとして罰せられた人々です」

「軍が生体解剖を命じる正当性を持つと信じていたか」

「軍はどんなことについても命令する権力を持っていた。それが違法なことであっても軍は合法化できると私たちは信じていました」

「何か手術をやめさせるために働きかけなかったのか」

「第二回目の手術の前に、外科の他のメンバーと一緒に石山先生に手術の中止をお願いしに行きました。先生は軍の命令だ、手術を手伝えと我々を叱り飛ばされた」

「軍からの命令はいつ聞いたのか」

「直接には聞いていないが、三回目の手術の後。偕行社で宴会があり、参謀からご苦労さまと挨拶されたこと、すべての手術に軍が立ち会っていたことなどから、軍の命令と信じて疑わなかったのです。戦時、平時を問わず、あのような手術に参加するのがよくないのはわかっていました。だが軍の命令には逆らえませんでした。林先生は自分なら従わなかっただろうと言われたが、先生は当時高い地位にあったし、私たちのような立場に置かれていたわけではない」

反感が滲んでいた。

「私たちは軍の鉄の腕の中にいたのです」

検事の反対尋問が行なわれた。義父の中島病院長になぜ相談しなかったのかと追及されたが、

「娘婿だといっても始終会っていたわけではない。自分は石山教授の弟子という立場にあったので、何も告げなかった」

さらに検事は石山の遺書に平尾の名がなかったことを質問したが、弁護側からの抗議で中断された。

石山を止めに行ったことについても聞かれた。

「鳥巣と一緒に中止を願いに行ったときに、他に誰がいたのか」

「森君と我々で話し合って石山教授にお願いした。のちにその結果を他の医局員たちにも告げた」

「当時、話し合った、手術はよくないと？」

「そうです。こんな手術はよくないと考えた」

「止めに行こうというのは誰の提案か」

「鳥巣さんからです」

平尾の最初の供述調書には手術を止めようとしたという供述はない。一九四七（昭和二二）年八月末から九月にかけての取り調べの段階で、鳥巣と二人で止めに行ったと述べている。同時期、鳥巣も二人で行ったように供述している。ところが裁判では森も一緒に三人で行ったことになっている。どんどん人数が増えている。医局員たちに結果報告したことにまでなっている。捏造を重ねているとしか言いようがない。

質問はまた中島病院長との関係に戻る。そのなかで隠蔽工作について聞かれた。

「秘密工作を助ける気はなかった。手術に関わったことは深く恥じていた。自分を不利な立場に置きたくなかった」

二二日の最後に平尾は、

「私は石山教授から助手を命じられただけだ」

「何をしたのか」

「鉤引き、血のふき取り、ガーゼ、その他の器具渡し、血液管理をした」

と証言している。

鳥巣の場合のような激しい追及はなかった。

(以上は、七月一九日から二二日における森、仙波、鳥巣、平尾の法廷証言記録による)

蕗子は、平尾がパーティは三回目の手術の後であったと証言したことが大きな意味を持つことに気がついた。パーティに夫が参加しているのは事実である。パーティが三回目の後ならば、三回目の手術には夫が参加したことになる。採用されなかった貫助教授の証言を覆す内容である。これがそのまま記録に残れば、夫は不在で参加しようがなかった四回目をのぞいてすべての手術に関与したことになる。

「なぜ先生は嘘を言うのですか」

平光教授は取り調べに際し、自分は解剖を部下に命じた覚えはないという供述をしていた。それが法廷で朗読・通訳された。平光教授の弟子・五島四郎は被告席でそれを聞いた。かつて上司に頼まれ「自分一人で捕虜から脳の標本をとった」という供述をした若者である。五島は自分が容易ならぬ立場に立たされていることに気づいた。自分はとんでもない供述をしてしまった、このままでは独断で捕虜の脳を切り取ったということになる。

巣鴨の雑居房で平光と五島は同室だった。五島は平光に詰め寄った。

「なぜ先生は取り調べを受けるときに嘘をおっしゃいましたか。先生の口述書を法廷で聞いていると、脳に関する点は全部ウソであります。ですから私には不利になります」

「自分の身をかばうために嘘をついたのである。自分が悪かった。今度裁判を受けるときは必ず正直に言います」

と平光は誓った(一九四八年四月一日付五島敏子再審査嘆願書による)。

言い争う師弟に同房の人々の目が集中していた。

七月二三日から平光教授の証言が始まった。

彼は何を語ったか。「生体解剖」について、

「石山外科の行なった生体実験と自分の科が関係した死体解剖は別の事柄である。生体実験は違法だが、死体解剖は合法的行為である。『ヴィヴァセクション』という名称のもとにこれを混同してもらっては困る」

と主張したのである。

「自分はなんの手術かまったく知らずに石山教授に部屋を貸しただけである。解剖作業にも携わらなかったし、後始末もしなかった。部下がやったことである。自分は直弟子である五島には、軍が許可したので遺体解剖をしてもいいだろう、君が脳の解剖をしたら多分勉強になるだろう、脳の固化にミューラーの溶液が使えたらいいだろう、と助言はした。解剖の世話はしていない。

脳の手術については石山教授から呼び出され、脳の黒質の位置について説明しただけだ。参加はしていない。捕虜が死んだことは後日聞いた」

生きている人間の脳を調べる生体実験の最中、執刀者に説明したのは「参加」ではない。とても通用する理屈とは思えないが、平光教授は後々までこのことに固執する。

「石山教授は以後、連絡なしに勝手に解剖実習室を使っていた」

侵入してきたと平光教授は表現した。

「なぜ無断使用だと抗議しなかったのか」

百武（海軍大将）が総長になってから九大が軍事化した様子を語り、その中で、軍の嘱託教授としてどんなに石山の羽振りがよかったかを語り、

「自分は見下されていた」

と述べた。

「弟子たちは標本を採取したことを報告しなかったのか。勝手にやったのか」

と聞かれると、

「五島は空襲で家が焼けたので、郷里に帰ったが、そのときに、脳の標本を採りましたと私に言った。田中と牧野が採ったという脳の標本は見たこともない。彼らは石山教授の許しを得て解剖したのだろう」

と逃げる。

戦後、残っていた遺体の一部を廃棄したことについての質問には、

「石山教授が要求したからだ」

隠蔽工作に関わったのかという追及には、

「遺体解剖と生体解剖を混同されることは恐れていた。秘密工作はしなかった。誰にも報告しなかった」

戦時中、研究室に遺体が多くあったという学部長の証言については、

「多かったかどうか覚えていない。遺体の保存はした。防腐剤入りの大ダルに入れておいた。その後火葬させ、遺骨は封筒に入れて部屋に置いておいたが、石山教授の要請で遺棄した」

と証言した。

証言の矛盾を突かれると、

「混乱していた、取り調べが厳しくて。年をとっていて、巣鴨の拘禁生活で不眠と疲労が……」

長い長い反対尋問がつづいたが、教授は、忘れた、高齢だと逃げるばかりであった。当時の感覚では六二歳は高齢であったが。

（以上は、七月二三日から二六日までの平光法廷証言記録より）

五島に有利な証言は何一つなかった。彼には法廷での証言の機会も与えられなかった。結局、

供述書が事実とされ、のちの判決では重労働六年の刑になる。笠は三年であった。

五島の母が一部始終を再審査嘆願書で述べている。

「平光教授は解剖学教室の最高責任者。教授の命令がなくては自分勝手に解剖することはできません。平光教授は自分の責任を逃れるために嘘を言った」

彼女の夫、すなわち五島の父は医師で平光教授の友人であるが、一人息子に責任を負わせようとする教授の証言に対し、「平光教授は嘘つき。みんな知っている」と怒りをぶつけている。

平光教授は弟子に責任を転嫁して逃げまわり、平尾助教授は鳥巣のことについては語らず、夫は本当のことは言わない。蕗子の不安はつのった。「鳥巣先生が自分で証言されなければ、どうしようもないです」と一緒に傍聴していた社林調査官は冷たく言い放った。

面会室の会話

巣鴨の面会室で、蕗子は夫になぜあんな証言をしたのかと尋ねた。

「サイデル弁護士から鳥巣は何も心配することはない、いやで手術に参加することをやめたと言ってはいけないと言われた」

なぜ、本当のことを言ってはいけないのか。

「僕が捕虜の手術をしてはいけないと思ったので、手術に参加することをよしてしまったと言えば、他の人々はどうして止めなかったと思われて罪が重くなるから、言うなと言われた」

他人のことを心配している場合ではないのだが、鳥巣は真剣である。

それにしても黙っているだけではなく、みんなと一緒に止めに行ったというのは偽証ではないか。それとも一人で止めに行ったと蕗子に語ったのは偽りなのか？

「石山先生に手術を中止してくださいとお願いに行ったのは、本当に僕一人で行ったのだ」

ではどうして、あんな証言を？

「サイデル弁護士が二人を連れて行ったと証言するようにと言ったのだ。僕一人で止めに行ったと言えば別に証人を呼ばなければならないので、平尾君と森君を連れて行ったことにすれば証人もいらなくなるそうだ」

例のパーティがいつ開催されたかについても、

「二回目だとはっきり覚えている、あのとき薬丸参謀にも紹介されたから。しかし、杜林さんが、平尾君と森君がパーティは三回目の後だと言っているから、同じように証言しなさいと言った。嘘はつきたくないのではっきりしないと証言した」

そんな証言をすれば、三回目の手術のときもいたことになるのに、サイデル弁護士から言われたとおりに嘘をつく？

「合同裁判では弁護士の言葉どおりに証言しなくてはならない、用意された言葉以外は言わないように注意を受けた」

「でも、あなたは他の方々と立場と行為がちがうんです。ありのままに証言して公正な裁判を受けてください」

必死に蕗子は夫に迫った。しかし、鳥巣は首を振るばかりだった。

蕗子はこれほど暗い気持ちで巣鴨を出たことはなかった。何があったのかわからないが、夫は助かる気をなくしてしまった。何も言う気がない。それを弁護団は利用して全責任を押しつけようとしている。わざと夫の行為と立場を不明にして判決を受けさせようとしている。

（以上は、前掲『再審査』および嘆願書など再審査資料による）

ペン書きの嘆願書

蕗子は女専（旧制女子専門学校）時代に法学の講義を受けていたので、客観的かつ有利な証拠書類が公判中に法廷に出されなければ、夫が危ないということがわかっていた。

自分は三人の子の母である。このまま公判が終われば、父の真実の行為と立場は不明のままになる。もし殺されるような結果になれば、子たちが成人して父はなぜ戦犯裁判で殺されたのかと問うだろう。「合同裁判でどうすることもできなかった」とは言えない。

どうしたらいいか？

その頃、弁護側から数多くの嘆願書が法廷に提出されていた。ほとんどは被告の家族などからの寛大な判決を願うものであった。蕗子は嘆願書という形で証言を書面にしたものを出そうと決心した。自ら証人席に立って述べるつもりだったことを書く。しかも英文で。

弁護団の協力は得られず、時間的余裕もないので翻訳者に頼むこともできない。他の家族と違い、蕗子は経済的に追い詰められていた。無収入で、被災して売るものもない。巣鴨通いの費用は鳥巣の実家に出してもらっている。三人の子どもの保護は実兄に頼んでいる。しかし兄の病院も空襲で焼け落ち、小さな医院を開いて、九人の子どもを養っているという状況である。余裕はない。もちろん旅館などには泊まれないので、親戚の家に滞在している。

裁判はいつまで続くかわからないが、蕗子はずっと傍聴するつもりである。予定外の出費は一切できなかった。

自分で英訳するしかない。蕗子の在学当時の県立女専には英語の講義があった。その頃は大正デモクラシーの時代のなごりで、英語教育もきちんと行なわれていた。蕗子も簡単な読み書きぐらいはできた。といっても、法廷に出そうという文書である。辞書が頼りである。昼は裁判の傍聴に通い、夜は嘆願書を一語一語英語に直す作業を続けた。

まず「私は九州帝国大学助教授・鳥巣太郎の妻蕗です」と書きだした。

「夫の母が病に倒れ、その看病のために夫は郷里に帰っており、手術があることを知らなかった。教授命令で手術に参加したが、それは実験手術であり、捕虜は死んだと、帰宅後私に心配そうに寂しそうに話しました。私は戦時といえども、死刑囚であっても、米国軍人捕虜を医学の研究材料にすることはよくない、また教授が手術を行なうことがあっても参加しないでくれと夫に頼みました。夫は気が進まなかったので、鉤引きの手伝いをしただけだと言いました。二回目の手術に参加せよと命令されたとき、手術はしてはいけないと思っていた夫は一人で教授室に赴き、手術中止を懇願しました。しかし教授は聞き入れず、手術の手伝いを命じました。自らの意に反し命令に従わねばならなかった夫の心中を私は察することができます。夫は仕方なく鉤引きの手伝いをする羽目になりました。しかし、その日以後、夫は手術室に顔を出すこともやめました。捕虜の手術は絶対してはいけないと思ったからです。第三回目の手術の日には貫助教授の部屋にいました。夫は助教授として最善の努力をしました」

最後に「裁判長、どうか公正な裁きをしていただくようお願いします」と結び、宛名はトーマス・ジョイス裁判長殿とした。

タイプに直す費用もないのでペン書きである。何度も何度も書き直しながら仕上げた。生まれて初めて書いた英文書類である。ちゃんとした英語になっているとは到底思えなかったが、意味は十分通じるだろう。

嘆願書を持って、蕗子は法廷に社林調査官を訪ね、嘆願書の提出を頼んだ。調査官は一読して、

「この嘆願書は法廷に出すわけにいかない」と突き返した。

他の家族の嘆願書はそのまま提出されているのに、この扱いはなんなのだ！

取りつく島もない対応に、蕗子は横浜裁判所を出るほかなかった。

どうしたらいいのか、悩みながら歩く蕗子に声をかけたのは、検事側の平林通訳である。「鳥巣さんはなぜ何も言わないのだろう」と不思議に思っているという。

蕗子はとっさに嘆願書を差し出した。平林は丁寧に読んだ。

「これを検事さんに見せてもいいですか」

検事に？　弁護団に出すべきものを。しかし、このままではこの嘆願書は屑籠行きで、真実は埋もれてしまう。本当のことを書いた文書は誰に見せてもいいはずだ。蕗子は承諾した。

日を経ずして連絡があった。

「検事は言われました。ミセス鳥巣の嘆願書は真実かもしれない。だがドクター鳥巣自身が何も言わないので、どうすることもできない。しかし、もしミセス鳥巣が希望するならば、検事側から証拠書類として法廷に出してあげてもよいと」

この嘆願書、すなわち参加を断ったメンバーがいたという証拠が法廷に出されることが裁判全体にどのような影響を及ぼすのか、蕗子には想像がつかなかった。しかし、このままでは嘆願書が日の目を見ることはありえない。鳥巣の真実は明かされない。どんな形でもこの嘆願書を法廷に出して、公正な裁判を受けさせてやりたい。

こうして、ペン書きの嘆願書は検事側証拠として法廷に出されることになった。

鳥巣夫人が検事側と接触しているという情報はただちに被告家族に伝わった。蕗子が夫のために奔走するやり方は他の妻たちとはまるでちがっていたから、以前から反発はあったようだ。それがここにきて一気に表に出てきた。

どういう考えで検事側と話しているのか？　何か取引をしているのか？　他の被告に不利な証言をして、夫の罪を軽くしてもらおうと画策しているのではないか？　面と向かって詰問する人もいる。蕗子との同席を拒否して傍聴席につくのを妨害する人もあった。

さらに、嘆願書が法廷に提出されると、家族たちの非難は爆発した。

「私は本当のことを書いただけです。人様の迷惑になるようなことは何も書いていないじゃありませんか」

しかし、誰も耳を貸さない。蕗子署名の検事側証拠書類ということだけが独り歩きしている。

さすがの蕗子も打ちのめされた。周囲の勧めもあって、東京を離れることになった。暗い心で長い汽車の旅をしなければならない蕗子にとって、唯一の救いは平林通訳の言葉だった。

「西部軍関係担当のソープ弁護士が『ミセス鳥巣の嘆願書どおりだったらドクター鳥巣は無罪だ』と言っておられますよ」

ソープ弁護士はサイデル主任弁護士には逆らえなかったが、蕗子には同情を禁じえなかったのだろう。

蕗子は嘆願書が検事側から法廷に出されたことがどんな意味を持ったのかを知ることもなく、福岡の自宅で判決の日を待った。

（この項の記述は『再審査』および蕗子の再審査嘆願書による）

死刑判決

最終弁論

八月一六日、サイデル主任弁護士の最終弁論が行なわれた。

彼は、第一外科関係については次のような弁論を行なった。

「当時の日本は軍の圧政下にあり、国民生活は隅々まで統制され、帝国大学たる九大にも軍事態勢が敷かれていた。そのなかで石山教授は大きな力を持ち、弟子たちを支配していた。彼は『手術をやる』とだけ告げ、八人の手術台の間をあっちこっちとそっくりかえって歩き回り、すべてを取り仕切った……他の人々の注意を引きつけることに生涯を費やした男にとってのクライマックスだった。石山は医学の進歩に注意を払ったりしなかった、他の人や弟子たちのことなんか気にも留めていなかった、ただただ自分自身を見せびらかしたかっただけだ」

このように断じ、さらに続けた。

「弟子たちの知識の向上などには無関心で、部下に対して尊大で、最初の手術のあと『手術をすべきではないと思います』と言った弟子たちに、『手伝え、持ち場に帰れ』『軍が私にこれをやれと要請したのだ』と叱りつけた。彼らがためらったので、(たぶん)三回目の手術のあとの軍主催の宴会で軍人に『ご苦労さま』と言わせたのだ。軍事的封建的空気の中ですべては石山の独断専行で行なわれた」

弟子たちについては、ためらったが、反抗は許されず、仕方なく参加したものだとして、一括して情状酌量を求めた。個々の弁護は行なわなかった。

解剖学教室関係では、彼らは死体を解剖しただけであると主張した。平光教授については、「石山から部屋を貸すことを頼まれたのみで、何が行なわれるか知らなかった。手術の現場に立ち会ったのは好奇心から見に行ったものである。生体解剖を計画したり、手を下したりはしていない」と弁護した。

石山の個人プレイで、大学医学部の他の部局や上層部には何の報告、連絡もなかったとした。

西部軍については、

「そもそもの発端は死んだ小森のアイデアである。小森のアイデアに石山が賛成し、捕虜の処置を任されていた佐藤参謀が承認したのみで、首脳部は知らなかった。もし軍の命令であったならば、なぜ陸軍病院で行なわれなかったのか。十分な能力が軍病院にはあった。軍命であれば九大で行なわれるはずがない」

サイデル弁護士は石山の自殺に触れる。

「もし軍の命令であったなら、石山教授は自殺に追い込まれることはないはずだ。彼は罪の呵責から自殺したが、もし軍の命令であったのなら、法廷でこう証言しただろう。『これが私の弁明だ、事件を告発する人への私の答えだ。軍が命令した。それで私はやったのだ』と」

ここに、自殺に対するアメリカ人の考え方がはっきり出ている。自ら生体解剖を実行しながら、自殺に逃げ込んだ男が「軍の命令だった」などと言っても信用はされない。反対に、生きて法廷で証言すれば一定の証拠価値はある。

「東海軍事件」では、司令官岡田資中将が法廷ですべては自分の命令と証言し、まったく知らなかったこともすべて承知していたと主張した。この態度はアメリカ人をも感動させた。岡田中将は、若き日に大使館付き武官としてイギリスに駐在していた経験があり、欧米人の物の考え方を理解していたのであろう。

ちなみに、石山教授の遺書は検察側証拠として提出されている。被告の弁護には何の役にも立たなかった。

さて、軍は命令していないから佐藤参謀以外の軍関係者は無罪である。佐藤も直接手を下していないから情状酌量を求める。被告たちが戦後、隠蔽工作をしたのは自分の犯罪を隠そうとしただけであって大きな罪ではない。

肝臓試食について、検事側は自白に頼っているが、合衆国の法では自白は自発的なものでなければならない。強制された自白には価値がない。事件は完全な事実無根である。

サイデル主任弁護士はこのような要旨で熱弁をふるった。

しかし、どう考えても変な話である。軍と医師団の利害は対立する。それを一括して一人の弁護士が弁護する。そのうえ、まるで関係ないでっち上げ事件である人肉試食まで一緒に担当するのだ。もちろんサブの弁護士はいたが、日本人弁護士は出廷さえできない。検察側は膨大な証拠・証人を提出したが、弁護側のそれはわずかである。不公平は検事さえ認めている。この裁判は戦争犯罪の真実を明らかにするのが目的ではない、誰をどう罰するのかだけが重要だから弁護は形だけなのであろう。捕虜虐待事件は山ほどある。さっさと片付けていかねばということなのか……。

検事側論告

つづいての検事側の論告は、まずリチャード・ベアード検事が肝臓試食事件の論告を行なった。

自白が強制されたことを否定はしていないが、自白そのものには犯人しか知りえない事実が含まれているので信憑性が高いとし、強引に有罪を主張している。

ついでジョージ・ヘイゲン検事が西部軍関係被告たちへの論告をした。

まず、戦争捕虜として正当に扱われるべき飛行士を「生け捕りにされた」者として扱ったことは国際法違反であると告発した。

さらに「軍司令部は異常な手術が行なわれることを知っていた。知って飛行士を引き渡した。佐藤参謀は独断で事を行なったのではない。彼は組織の一員として行動した。そうでなければ、戦後横山司令官が隠蔽工作の会議を招集するはずがない。……すべては白日のもとに堂々と行なわれた。駐車場から車を出し、護衛兵と正規の通訳がつき、佐藤の他に司令部の将校がついた。彼らは護衛に立ち、手術に立ち会った。佐藤は将校らと手術について、鮮血で作られた南京虫の駆除剤について話していた。……司令部の指令を誤解した佐藤の単独行為であったのなら、多くの高官が隠蔽工作に協力するはずがない」

死者に鞭打つのは本意ではないがとして、検事は石山のことにも触れた。

「弁護士は事件が軍の命令であったならば、石山は自殺を犯したりしなかったろう、彼は命令ではなかったと悟ったので死を選んだのだと主張した。私に言えることは、彼が死んだのは最悪だということだけだ」

そして、石山が生きて「軍が命令したと思った」と証言すれば被告たちの弁護に役立っただろうと述べ、

「本件が西部軍司令部の行為として行なわれたことに疑いの余地はない。横山司令官は飛行士を殺すべしと命令した。彼の部下は命令に従って捕虜を殺した。銃殺、打ち首、方法は重要ではない。司令官は有罪である。命令に従った者も有罪だ。……軍隊では上官の命令に従わねばならないと弁護士は主張するが、違法な命令には従う必要はない」

検事は、生体解剖と事後の隠蔽工作は軍と医師団との共同行為であると断じる。

被告たちに正当な刑事訴訟上の権利が与えられていないということについては、確かに、米国憲法で保障されている権利は与えられていないと認めたが、決められた規則と手続きのもと、法廷で裁かれていること自体に進歩的な意味があると主張し、さらに「このケースは横浜裁判の中で最も長く最も重要なものの一つである。……理性とポツダム宣言の趣旨に基づき戦争犯罪に厳格な裁きが下されるだろう」

最後にポール・フォン・バーゲン検事が九大関係被告への論告を行なった。

「この事件ははなはだしい弱者虐待の狂気のグループが自己顕示の祝祭日を持ったという最も汚らわしく、残忍な物語であった。……実験に医学的な価値はなかった」

被告たちには十分な弁明の機会を与えたが、多くは沈黙しているとして、検事は完全には全容

を解明できたとはいえないと認めているが、事件の中心は石山、小森、佐藤の三人であることは疑う余地はないと断じる。「生体解剖」に医学部長が許可を与えた形跡はない、しかし事件は個人的犯罪ではなく、被告たちはそれぞれの立場で協力して、ともに生体解剖という犯罪の共同正犯となったとする。

事件の背景として、戦中のファシズム状況下に自由が圧殺されていたという事実について、「弁護士は最高責任者をまず罰すべきだというが、東条がこの件で何をしたというのか。……九州の封建制についても散々聞いたが、看護婦は医師から衣服の洗濯を命じられて、これをはっきり断っている。……民間人が軍に逆らうと罰せられたというが、民間人が罰せられたという実例は挙げられていない。……戒厳令も出ていない」

として、考慮の余地はないとする。

「本件は一兵卒の犯罪ではない」

検事は強調する。

「職業軍人、医学士、人道に奉仕すべき人々の事件だ。かれらは手元にある手術設備も使わず、汚い、ぼろぼろの、使い古された実習室を使った。飛行士は無理やり連れ込まれ、衣服は汚れ、手術の間放置され、患者に対する術前の処置もされなかった。X線もなく、カルテも作られず、血液検査もされず、記録も作られなかった。看護も提供されず、車も彼らを待っていなかった。

そこには軍医を含む軍の立会人もいた。緊急事態の示唆もなく飛行士は死んだ。……遺体がまだ温かいうちに、別の手術台で手術が行なわれるという荒あらしさ。……飛行士の衣服は血で汚れ、切開創は開かれたまま、小森が語ったところでは肺手術の一例では麻酔さえ使わなかったという」

名誉ある米国軍人を生きたまま実験に供し、遺体を解剖し冒瀆し、遺骨は捨ててしまった……。

「許せない」

検事の論告は軍人である判事に強い印象を与えたにちがいない。戦死した兵士の遺体は棺に納められ、星条旗に包まれて帰還させるのが米軍のしきたりである。捕虜となってから死亡した場合も、戦死と同等の扱いがなされる。ユダヤ人虐殺を行なったナチス・ドイツも、敵軍の捕虜に対してはその階級に応じて丁寧に取り扱ったという（そこから戦後数々の捕虜収容所脱走物語が作られたのである）、それなのに……。

さらに検事は、「生体解剖」自体が軍の命令であるという医師たちの主張に具体的に反論する。

「そうであればなぜ軍病院で行なわれなかったのか。九大で解剖することに軍の利益はない、下手人の医師側にのみ利益がある。……軍の命令ならば総長や医学部長に連絡が行くはずだが、その形跡はない」

何よりの証拠として検事は佐田証言をあげる。

「小森から捕虜の手術を持ちかけられて、彼ははっきり断っている。そのことで軍から罰せられたり、九大関係から追放されたりといったことはなかった」

捕虜殺害は軍の行為だが、生体解剖という方法は軍の命令ではなかった。

ついで、医師団被告一人ひとりについての論告を行なった。

平尾助教授については、「よくないと知りつつ、すべての手術に参加した。小森から司令官の許可をもらっていると聞き、軍の命令と疑わなかった」

森講師は、「自らの手術技術の向上のために石山に頼んで執刀した。心臓の切開や縫合はよい経験だった。このような機会が何回かあれば、彼は偉大な心臓外科医になれたろう」

鳥巣については、「石山が彼を軍隊から呼び戻してくれた。彼は再び軍隊に行くかそれとも飛行士を殺すか二者択一の立場だった」と断じた。「鳥巣は殺すことを選んだ。一回目、二回目に参加している。三回目のあと(と多くの証人が言っている)パーティがあって、これに参加している。三回目の脳の手術にも参加していたという証言もある。最後の手術は嫌だったので参加しなかったが、軍からも石山からも罰せられなかった。……彼は手術前のパーティにも参加して生体解剖が行なわれるのは知っていた。野川とともに解剖台の用意をし、解剖が行なわれるのを見守り、励ました。小森の死にも立ち会った」

検事は明らかに、鳥巣を石山に次ぐ中心人物として断罪している。

蕗子が出した嘆願書はどう評価されたか？　ここでは他の医師たちに生体解剖を断る自由があったという証拠とされている。

医師たちを共同正犯と断じるためには、自由な意思で生体実験手術に参加したことが証明されなければならない。生体実験手術に参加しなくても罰せられない、ということは、断る自由はあったのだ。にもかかわらず医師たちは執刀し、手伝い、あるいは立ち会った。それは彼らの自由意思に基づいている。こういう論理である。

他の医師、研究生それぞれが果たした役割について論じ、すべて有罪であると論告した。最後に、「飛行士たちはこのような目に遭わされるくらいなら名誉ある戦死を遂げたほうがよかった。……こんな極悪非道な犯罪にふさわしい刑罰は見当たらない。歴史はこの事件を忘れないだろう。……ポツダム宣言には捕虜を虐待した者を含むすべての戦争犯罪が厳しく裁かれるべしとある」厳しくという言葉が使われている。「宣言に従うことは我々の義務である」と結んだ。

判決

「生体解剖事件に判決　横山中将ら五名絞首刑　人肉試食関係者は無罪」（『朝日新聞』一九四八年八月二八日付）

「横浜裁判中の最大事件として世界の視線をあつめた元西部軍司令部と九州大学関係の『生体

判決を聞く鳥巣太郎(日本ニュース戦後編第139号より)

解剖』公判の被告三十名は二十七日午前九時十分第一号法廷で軍法委員長ジョイス大佐から判決が言渡され、うち横山中将と佐藤大佐および九大の鳥巣、平尾、森の計五人は絞首刑、そのほかは終身刑四、重労働十四、無罪七名であるが、肝臓試食関係は証拠不十分のため全員無罪となつた」

蕗子は判決をラジオで聞いた。判決の言い渡しの順番はまず西部軍関係、次に解剖学教室関係、第一外科の順で行なわれた。

「解剖学教室の平光教授、重労働二五年」と聞いた瞬間、蕗子はホッとした。夫は軽い刑ですんだにちがいないと思ったのだ。しかし安堵はたちまち絶望に変わった。

「鳥巣教授、絞首刑」

蕗子は唖然として涙も出なかった。平光

教授は実験手術とは知らなかったと主張しているが、少なくとも二回目以降は理解して貸し続けた。先任教授として石山にやめるように忠告できる立場だったのに止めなかった。彼が二五年の刑で、石山の部下にすぎず、やめるよう諫言し、三回目の参加を拒否した夫が死刑なのか？　蕗子は納得できない。証拠提出も許されず、助教授にすぎないのにいつのまにか、教授にさせられ、死刑？

最初の死刑判決を受けた戦犯はわずか三カ月半後に刑を執行された。すぐに占領軍司令部に異議を申し立てなければ、判決を受け入れたことになる。蕗子は急いで上京した。

鳥巣の罪状は、

①生体解剖の共同行為
②殺害行為の実行
③遺体の解剖、切断、除去の共同行為
④その実行
⑤鄭重に埋葬しないという共同行為
⑥その実行
⑦事件発覚を防ぐために偽りの報告をし、合衆国による情報収集の妨害および西部軍と共同

して隠蔽工作を行なった罪

のすべてについて有罪であった。九大関係で最も重い罪状認定である。石山教授のパートナーとしてすべてを知り、計画し、実行し、隠蔽工作を行なった主犯とされたのである。

宣告の瞬間、「棍棒で後ろからいきなり頭をなぐられたようだった」と鳥巣は妻に語っている。林春雄証言を聞いて以来、深い自責の念を持っていたが、首謀者とされ死刑になるとは夢にも思っていなかったのだ。

第五棟へ

巣鴨プリズンに戻ると、裸にされ身体検査、第五棟に収容された。そこは誰もが恐れる死刑囚だけの棟だった。

鳥巣の八月二七日の日記には、「判決の日なりし。法廷を出づる時、静かに合掌してゐる人が眼についた。いたく脳裡にやきついてゐて、いつまでもその人の姿が消えない、思へば思ふほど目に新にして、覚えず涙があふれ出る」(獄中日記)

後の回想では、「この世の地獄とも恐れ、あそこだけには行きたくないとひそかに念じてゐた五棟の房に、夢にもあらず、この身自ら閉ぢ込められねばならなくなつて、私は、気味悪い暗雲のヴエールにでも被はれた重苦しい感じに」思い迷い、一方「やれやれとうとう来るところに来てしまつた」というあきらめに茫然とする。「愈々死ぬといふ日までには尚まだ半年余りはあるだらうが、それまでこの二畳にこもつたまま……これからの一日一日がどんなに長く、そして又辛いことだらう」と案じる。

そのときふと胸に閃いたのが、「ああここにあの岡田さんがおいでになるのだ」

岡田資中将が死刑の判決を平然と受け入れて、第五棟の人となって三カ月が経っていた。本人に会いたいがここでは無理だろう、しかし岡田がいると思い出しただけで鳥巣の心は落ち着いてきた。

驚いたことに、夕食後、その岡田中将が訪ねてきた。

「長い間御苦労でしたな、疲れたでしょう。鳥巣君、ここでも人生がありますよ。お互いにしっかりやりましょうや」(前掲『再審査』所収「故岡田資さんを追慕して」)

元気な言葉だった。

第五棟では囚人同士の訪問が許されていた。これは岡田の要請で許可されたものである。岡田が収容された頃の第五棟はまったくの閉鎖棟で暗黒の雰囲気であった。英国勤務の経験もあった彼は、米軍に対しては正々堂々要求することが効果的であると知っていたから、まず待遇改善の意見具申をした。毎日死刑囚同士が訪問しあう時間を設けさせた。さらに家族への音信もスムーズに行なわれるように改善させた。そのうえで、他の死刑囚たち(彼は青年たちと呼んでいた）の指導を始めたのである。座禅を勧め、読経を指導し、仏の教えを説き、人生を語り、悩みの相談にのっていた。

次の日から鳥巣も岡田の導きに従って歩むことになる。

八月三一日、鳥巣に突然、面会の呼び出しがあった。妻・蕗子である。判決を聞いてただちに出発の用意をし、博多駅を発って、列車を乗り継ぎ二四時間以上かけて東京に辿り着き、面会の手続きをして、巣鴨に現れるまで三日間。

二人は判決を聞いたときの衝撃、平光教授が二五年で鳥巣が死刑ということは納得しがたいこと、鳥巣の父が悲しみ嘆き福岡に出てきたことなどを語り合った。蕗子の嘆願書はありのままによく書けていたと鳥巣は言った。

面会を終えて、プリズンの門を出た蕗子は平尾夫人に出会った。

「絞首刑は鳥巣さん一人でよかったのに」という言葉が飛んできた。

「あなたが、あんな嘆願書をお出しになったので、『他の者まで罪が重くなった』とサイデル弁護士が言っている。他の家族の方々も『社林調査官が、鳥巣夫人があんな嘆願書を出したので、他の人まで極刑の判決を受けるようになってしまったと言っている』と」

鳥巣夫人の嘆願書のせいで他の人の罪が重くなったという噂はたちまち広がっていった。蕗子の孤立は深まった。

しかし蕗子は自分に言い聞かせた。「事件はサイデル弁護士の手を離れた。その方がいい。これからは私ひとりで間違った判決をくつがえそう」

外務省から正式に、八月二七日横浜軍事法廷で「絞首刑、教授鳥巣太郎」の判決があった旨の通知が届いた。ニュース映画にもなって、鳥巣は残虐非道鬼畜にも等しい行為をした首謀者となった。

第4章　再審査

再審査の闘い

嘆願

判決後、関係者たちは急いで再審査の嘆願を行なった。そのために家族・友人・知人はときには街頭にまで出て、情状酌量を求める嘆願書への署名を集めた。

鳥巣太郎のためには貫文三郎、須藤求、佐田正人などの知友をはじめ、鳥巣家の人々、親戚、鳥巣村の村人、元患者などたくさんの人々が嘆願書を書いてくれた。

蕗子自身は助命や減刑ではなく、はっきりと判決の見直しを求める嘆願書を作った。

判決から一カ月あまり後の一九四八(昭和二三)年一〇月初め、彼女はすべての嘆願書を携えて上京し、ＧＨＱ総司令部法務局に赴いた。

嘆願書の束を受け取った係官は、こう言った。

「この人は真面目で悪いことはしたことがない。そんな悪いことをするはずがない。命ばかりはお助けください。そんなことを言っても無意味だ。……嘆願書の署名など頼めばいくらでも集まる。ただ、判決が間違っているという反証があれば別だ。……あなたの嘆願書には、横浜裁判の判決は間違っていると冒頭から書いてある。……他の人の嘆願書には始めに『公正な裁判をしていただいてありがとうございます』と書いてある。公正な裁判をしてもらってありがたがっているなら、再審査する必要はないわけだ。……遠慮なく反証を出しなさい」

立証すべき点は何点かあった。手術の少し前まで鳥巣が実家に帰っており、事情を知らなかったこと。三回目の手術を拒否し不参加だったこと。それを証明する証拠を蕗子が集めていたのに弁護側証拠として採用されなかったこと。検事側証拠として蕗子の嘆願書が出されたいきさつ。

そのほかに、蕗子にとっては大きな疑問があった。鳥巣の肩書がいつの間にか第一外科教授となっていたことである。外務省から来た正式の判決通知書にも「教授鳥巣太郎」とあった。逮捕時、起訴時ともに助教授とあったのに、なぜ昇格した？

蕗子は、独力で立証し、解明するつもりであった。ただ、相手はＧＨＱである。日本語の文書や証拠、証言はすべて英語に翻訳される。この翻訳がしばしばいい加減であった。法廷での証言さえ誤訳（ときには意図的な）がまかりとおっていた。蕗子が出したペン書き嘆願書も、検事側証拠として登録されたときはタイプに打ち直されたうえ、蕗子が書いた覚えのない鳥巣の個人的な事情が付け加えられ、日付も鳥巣が証言台に立つ前の七月一日となっていた。

複雑な事情を正確に伝えるには「英語力」がいる。誰か英語の堪能な人に力になってもらわねばならない。しかし、平尾夫人が宣言したように、蕗子は家族団では孤立していて相談にのってくれる人もいない、金もない。

悩む蕗子に手を差し伸べたのは、彼女が東京で世話になっている従兄の家の隣人で旧知の小林寿子だった。彼女は恩師である元津田塾大学講師・三島すみ江夫人が東京裁判の弁護側に加わっていることを教え、卒業生名簿を繰って住所も調べてくれた。

藁にもすがる思いで、蕗子は地図を頼りに渋谷の三島家を訪れた。三島夫人は留守だった。豊田副武大将の法廷に行っていると告げられた。蕗子はその足で裁判所に向かった。

三島すみ江は初対面の蕗子の話を終始熱心に聞いてくれ、

「私と二人でやりましょう。弁護士なんかいりませんよ」

と助力を快諾した。

「まず、なぜ、あなたの嘆願書が検事側から提出されたのかを詳しく書いてください。それを持って二人で法務局にきちんと説明に行きましょう」

嘆願書を持って総司令部法務局にふたたび赴いた蕗子の傍らで、三島夫人は流暢な英語で詳しい説明をした。係官の質問にも丁寧に答えた。

「戦犯裁判であっても誤った判決は訂正されるであろう。鳥巣夫人は証拠を提出しなさい」

係官は明言した。

「本当にすまなかった」

福岡に帰ると、蕗子はまず貫証言の再提出から取りかかった。

貫を訪ねて九大の広い構内を突っ切っているときだった。

「鳥巣さん」

声のほうを見ると、解剖学教室の和佐野助教授だった。

「大変なことになりましたね。平光先生と鳥巣さんは同格になっていますね。それを早く取り消さないと」

この人はどうしてそんなことを言うのだろう?

「鳥巣さんは専門部教授だから、その専門部というのを除いて平光教授と同格にしたんです」

あなたがそう言った!

「本当にすまなかった」

平光教授を救うための苦肉の策、その嘘が平光教授の命を救ったのだ。戦犯裁判では一度決定した判決が間違っていても重くなることはない。救出グループは成功したのだ。

「和佐野専門部教授や、竹重講師等が恩師のために強力な救出運動を展開なさいました。そのお手並は見事なもので、平光教授が二十五年の刑ですまれたのは、全くこの方々の並々ならぬご尽力のたまものと、私は敬服しております」

蕗子は『再審査』の中で皮肉たっぷりに述べている。

しかし、そのせいで夫は絞首刑の判決を受けたのだ。

怒りに燃える蕗子は予定を変更し、すぐに医学部の事務局に向かった。

「教員の任命録を見せていただけますか」

切迫した雰囲気は事務局員にも感じられたであろう。

「平光先生の教授拝命は昭和四年三月です。石山先生は、一二年後の昭和一六年七月」

「それを証明してください。鳥巣が専門部の教授になったのは一九年でしたね」

「鳥巣助教授は、一九年の六月に専門部教授になっています」

「専門部の教授は、本学では助教授と同格ですね」

「専門部教授は、本学教授とは全然ちがいます。本学では教授の下の助教授にあたります」

「鳥巣が教授と同格ではないという証明書を下さい」

正式に大学の公印を押した証明書を入手した蕗子は、早速GHQ法務局に提出した。

蕗子は次々と証拠を提出するため、毎月上京した。そのたびに夫に面会し、相談をした。もっとも長期間拘禁されている鳥巣が知っていることは、ごくわずかであったが。証拠の提出、再調査の要請などはすべて嘆願書のかたちで提出する。いつ刑が執行されるかわからない状況での必死の作業である。再審査の経過が占領軍から知らされることはない。ただ再審査請求して受け付けられている限り処刑はないだろうという観測から、嘆願書を出し続けるほかない。

「横浜裁判の判決は間違っています」

一九四九(昭和二四)年一月の蕗子の嘆願書は、まず裁判中に弁護側資料として提出を図った嘆願書および証拠が握りつぶされた経過を述べ、そのために鳥巣について誤った判決がなされたとし、再調査を求める点を箇条書きにしている。

嘆願書という名目になっているが、客観的証拠書類を添付した再審査請求にほかならない。

1、捕虜殺害の事前共謀に参加したという認定は誤り。

当時鳥巣は郷里で母の看病をしていた。証拠=母の発病日が明記されている死亡届と、発病から一週間看病したという事実。

2、初回の手術は参加したが執刀はしていない。鉤引き、血を拭うなどの補助を行なった。
3、二回目の手術の前に石山教授に手術の中止を諌言したが、拒否されたこと。手術場にもわざと遅れていった。非人道的なことはしたくなかったのでガーゼを渡す役をしたのみ。
4、三回目の手術には参加を拒否した。証拠＝貫証言。
5、四回目は郷里にいて参加しなかった。証拠＝郷里の原もと子の手紙。
6、佐藤主催宴会は二回目の手術の後に行なわれた。石山は森に胃の手術をさせたと言明。
7、戦後の隠蔽工作について。鳥巣が隠蔽工作の大学側中心人物だったという認定は間違い。隠蔽の共謀の大学側中心は石山教授と平光教授である。

鳥巣が佐藤にメッセージを届けたのは、佐藤の家が鳥巣の家の近くで、石山がメッセージを託したからである。

鳥巣は福島大佐にも会った。しかし、それは、福島が石山に会いに来たが、留守だったので鳥巣のいた隣室に石山へのメッセージを置いていっただけのことである。
8、鳥巣は仙波嘉孝の指導をしていたと認定されたが、間違いである。仙波は石山の直接の指導を受ける特別研究生であった。
9、鳥巣は解剖実習室での手術を準備、調整したとされたが、解剖実習室の管理者は平光教授である。彼の許可なしには解剖実習室の準備はできない。平光自ら準備、調整した。なお鳥巣は平光と会話する機会がなかった。
10、鳥巣は九大教授とされたが、誤りである。専門部（専門学校）の教授で九大の助教授であった。証拠＝大学事務局の専門部の教授は本学の助教授にあたるという証明書
11、石山外科では、治療のための手術に際して鳥巣は第一助手であった。そのため生体実験のときも助手を務めたとされている。しかし実験手術は通常の手術とはまったく異なっていた。彼が第一助手を務めた事実はない。
（一九四九年一月二五日付戦犯弁護部次長宛鳥巣蕗嘆願書による）


上京のたびに娘は久留米の母に預け、二人の息子たちには留守番をさせる。旅費は八方走り回って工面をする。当時の汽車賃は高額でひと月分の生活費に等しい。上京中は面会、三島夫人との相談、GHQとのやり取りなど、休む間もなく走り回る。長逗留になる。東京の親戚のところに居候しているが費用はかさむ。

そんな嫁を見て、鳥巣の父は女々しいことと苦言を呈したほどである。のちには知人に頼んで巣鴨に面会に行ってもらうということまでした。もちろん、家族以外の面会は許されるはずもなかったが。

上京の費用は大変な負担だった。何か収入の道を講じなければ経済面から行きづまってしまう。

蕗子の兄・弘道は、蕗子に教員になることを勧めた。

蕗子は県立女専を卒業するときに、師範学校、中学校、高等女学校の教員免許を申請し、取得していた。「学校を卒業した証にもらっておけ」と言った父の言葉が懐かしく思い出された。父は頑固一徹で宮仕えを嫌い、「漢学者」として生きた人であった。弟妹の面倒はすべて兄がみた。鳥巣の逮捕以来、陰に日向に鳥巣一家を保護してきたのも兄である。再審査請求運動の費用のことだけではない、再審査がかなわなかった場合の母子の生計を考えてのことである。

一九四九（昭和二四）年四月、蕗子は地元の中学に就職した。三〇の半ばを越えた新米教諭に職員たちは温かく接した。事情は知られていたから、上京の便を図ることもしてくれた。

しかし、正職員である。上京は長期休暇に限られる。蕗子は三島夫人にすべてを託した。GHQ法務局に対し反証を書いた嘆願書を、まず三島夫人に送る。三島夫人が英訳して蕗子のもとに送り返す。蕗子がまた読んで三島夫人のもとへ。夫人は法務局に赴いて、係官に提出し、説明し、誤解されているところを聞きだし、蕗子のもとへ知らせる。その点をまた説明する嘆願書を作り、また三島夫人に送り……ときに旧知の弁護士を訪ね、助言をもらう。

もつれた糸を解きほぐすような作業が続く。

死と向き合って

第五棟の日々

第五棟では狭い独房に二人暮らしが原則である。これはかつて自殺を図った若い死刑囚がいたため、防止策としてとられた処置という。

起床は朝五時、部屋の掃除、洗面、体操、冷水摩擦、読書や書き物ができるように寝具を丸める。終われば各自読経など。朝六時から朝食、食事当番が食事を配る。食後は新聞の回覧、週に二、三回、運動がある。三面をコンクリート棟に囲まれた中庭を三〇分ほど散歩する。衛兵に前後左右を取り囲まれ、二人ずつ手錠につながれて六人一組でぐるぐる回りをするだけである。見えるものは庭の中央のヒマラヤ杉と空、そして金網が張られた渡り廊下越しの広場を歩く人影、もちろん他棟の収容者である。月曜日と金曜日の午前は入浴。昼食、読経、読書、書きものに時をすごし、夕食、食後の訪問時間、就寝。

この単調そのものの生活の重要関心事は食事である。朝食は、蒸しパン一個、スープ一杯、チーズかバター、クリーム、缶詰の果物であるが、鳥巣は砂糖たっぷりのコーヒーが楽しみだった。タバコの配給もあった。夕食には魚もつく。ときには刺身が出たこともあった。外の世界では刺身など食べられない時代である。

「今夜は危ないですよ、お刺身があったから」と先輩死刑囚がささやく。刺身の日にはきっと死刑執行があるという。

巣鴨での死刑執行は金曜日と決まっていた。執行される死刑囚はその前夜、房から出されて、プリズンの東北隅にある死刑場に移される。したがって木曜日は魔の曜日である。人々は朝から緊張し、兆候を窺う。

花山信勝《しんしょう》教誨師から交代した田嶋隆純《りゅうじゅん》師の教誨は木曜日である。死刑執行があるとき師はそのままプリズンに泊まり、翌日の執行に立ち会う。したがって田嶋教誨師が「これから帰宅します」と言うと歓声が上がる。

教誨師が泊まると決まった日は、全員が息をつめている。どんな物音も聞きのがさない。廊下に看守の足音が響きはじめる。「もしや自分の房か」。遠く、近く、ガチャガチャと錠を開ける音、「自分ではなかった」、ひそかな安堵。やがて、下駄の音、「お世話になりました」「お元気で」、交わされる別れの言葉、遠ざかる足音、湧き上がる念仏の声、ときに賛美歌。

「あの人もやられるのか」、四十数人の心が凍る。ついで「自分はあと一週間生きられる」

この年、一九四九年は死刑執行が続いていた。

死刑囚はどんな気持ちで日々を過ごしたか、鳥巣は獄中日記で語っている。

最初、悲嘆と絶望の真っただ中にのたうちまわる。感情も知性も一瞬にして打ち砕かれ、人間の最大の欲望である生存欲を奪い去られ、しかも日々周囲の人が処刑されていく。ここで教誨師から極楽浄土の有様を聞かされ、縋《すが》りつく。しかし、少し経つと疑問が湧いてくる、素直に教えを聞けなくなる。そして素直になれない自分を反省し、自らを責める、堂々巡りが始まる。果てしない動揺が続く。その間にも処刑は続く。月日を重ねるうちに心は波打ちながら落ち着くところへ落ち着いていく。こうして死を受容する。

第五棟の生活のなかで最も待たれるのは家族の面会である。月一回、わずか四〇分。二重の金網越し、しかも手錠をかけられたままの姿を見て、泣き伏す家族もいた。面会の間じゅう泣き続け、話もできずに永別した親子もあった。面会の日が来ると、あれも話そう、これも語ろうと勢い込んでいく。しかし面会が済んで戻ってくると、何一つまとまった話をしなかったような気がする。何日かすると手紙が来る。話せなかったことが細々と記されている。何回も読み返し、返事を書く。いつ着くかわからぬ、着いたときには自分はこの世にいないかもしれないと思いつつ……。

新しい教誨師

巣鴨に田嶋隆純師が教誨師として赴任してきたのは、一九四九(昭和二四)年六月である。戦犯個々人の事情を聴こうとしなかった前任の花山師とは異なり、ひたすら戦犯の気持ちに寄り添い、あらゆる形の支援と減刑の嘆願に奔走し、「巣鴨の父」と呼ばれた人である。その説教は鳥巣の心に深く響くものであった。

八月一三日には蕗子が息子を伴って面会し、さらなる再審査の嘆願書を提出する旨を鳥巣に告げた。

鳥巣は新しい教誨師、田嶋師のことを蕗子に話した。

「先生の法話のおかげで心が洗われ、仏縁に繋がることができた。先生にお目にかかってお礼を言ってほしい」

蕗子は翌日、江戸川区小岩にある正真寺に田嶋師を訪ねた。師は九大事件について詳しく尋ね、鳥巣の事情を理解した。

「教誨師になってどうしたらお助けできるか、各自にその事情を詳しく書いていただきました。しかし鳥巣さんだけは事件に関係した弁解が何一つ書いてありませんでしたので、不思議に思っていました。やっとわけがわかりました」

そして、「私もできるだけのことをして容疑が晴れるようにします」

田嶋師は蕗子を励ました。

再審査報告書

非公開なのでいつから始まったかは不明だが、再審査の嘆願書に対しての調査が行なわれていた。一九四九(昭和二四)年五月二日付の第八軍司令部戦犯弁護部による九大事件被告たちの嘆願に関わる調査報告書が存在する。記述は簡単ではあるが、一人ひとりについて述べられている。鳥巣については、実験手術の参加は二回であること、三回目の脳の手術には参加していないこと、石山を止めようとしたこと、助教授にすぎなかったこと、そして隠蔽工作の会議には出席していないという主張が記されている。

このような動きは被告側には見えない。翌日の日付で蕗子が提出した九大の証明書も提出されている。嘆願書は却下されたのか、取り上げてくれたのか。不安でたまらない被告側としては、形を変えてまた嘆願書を出すしかない。こうして嘆願書が出し続けられ、結果として膨大な再審査資料が残された。

対決

「合同裁判だから仕方がなかった」

一九四九年八月一五日、蕗子と三島夫人は嘆願書を持って、総司令部法務局にフォン・バーゲン検事を訪ねた。

「ここにサイデル弁護士を呼んでもいいですか?」

検事が尋ねた。

「どうぞ」

間もなくサイデル弁護士が現れた。

「おう! ミセス鳥巣」

弁護士はグローブのような手をさし出して、蕗子に握手を求めた。

「あなたの嘆願書を見ました」

裁判中、夫に圧力を加えたこと。貫証人や蕗子を法廷に呼ばず、夫の証言に制限を加えたこと。夫に有利な証拠書類を法廷に出さず、社林《こそばやし》調査官が握りつぶしたこと。そのため蕗子はペン書きの英文嘆願書を法廷に提出するように頼んだが、法廷に出すことを拒否したこと。やむなく蕗子は検察側から出したこと……。

「すべて事実です。ミセス鳥巣の言うとおりだ」

なぜそんなことをしたのか。蕗子は三島夫人を介して質問と抗議を浴びせた。

「合同裁判だから仕方がなかったのです」

やり取りをバーゲン検事は熱心に聞いていた。

その後、バーゲン検事は帰国し、ジョージ・ヘイゲン検事が引き継いだ。三島夫人は蕗子の意を体してたびたびヘイゲン検事に面会し、鳥巣が誤解されている点を聞き出し、それをつぶさに蕗子に伝え、蕗子はまた手紙を書いて説明をした。このやり取りがほぼ一年間続くことになる（サイデル弁護士とのやり取りは、前掲『再審査』による）。

三島夫人から手紙が来た。

「鳥巣さんに関する誤解はだいたい解けたようですが、鳥巣さん自身の口から何も言わないのでどうにもならないとのことです。直接巣鴨に面会に行きましたが、家族だけしか面会を許されないので、がっかりしました」

さっそく蕗子は夫に手紙を書いた。

「あれだけさわがれた戦犯裁判で、絞首刑の判決を覆すことは容易なことではありません。あなたが悪いことに加わったという自責の念から、自分のことをあまり主張したくないと思っておられることはよくわかりますが、黙っていては判決を認めたことになるのです。戦犯裁判では一度出た判決は重くなることはないのです。サイデル弁護士もバーゲン検事や私の前で八月十五日に、公判中あなたに圧力を加え、証言を制限し、証人を法廷に呼ばず、あなたのありのままの行為と立場を書いた私の嘆願書を法廷に出すのを拒否した事など、全部肯定しているので、今更誰に遠慮もいりません。捕虜の手術がどうして行われるようになったか全然しらなかった事……一、人で捕虜の手術を中止してくださるように石山教授にお願いに行ったが駄目だったこと。その後捕虜の手術に立会うことも止めてしまったこと。全部ありのまま書いて至急法務局に出してください。あなたが書いてお出しにならなければ三島夫人のご尽力も水泡に帰します」(前掲『再審査』)

鳥巣自身も再審査に向けての嘆願書は出している。一九四九(昭和二四)年五月二三日付のものが二通ある。

一通はごく簡単なもので「自分は助教授にすぎないこと、五月七日から一四日まで郷里に帰っていたので手術があることは知らなかったこと、手術の準備はしていないこと、三回目は専門部の仕事を理由に参加せず、その後も参加していないこと、執刀していないこと、共同謀議には参加していないこと、石山が軍の命令で手術を請け負ったと言明したこと」を述べているにすぎない。

田嶋教誨師の言うように、自己の事情については詳しく語っていない。なぜなのか。それは当時の鳥巣の心境と関わっている。死の房で内省の日々を送る鳥巣が痛切に感じたのは、今までの自分が、安易な忠誠心にとらわれ、大きな力に押し流されてきたということであった。その結果、「悪しき業を行ない、のち悔い、顔に涙し、哭してその果報を受ける」という仏の教えそのままの自分であり、何を主張する資格もないという自責の念が彼を沈黙させたのだ。

それだけではない。鳥巣は同じ日付の平尾、森と連名で出したもう一通の嘆願書で、

「二回目の手術のとき、我々は石山教授に手術をやめるように頼みに行った」

と述べている。

この時点になっても、まだ二人をかばい続けているのである。

「来なさんなや」

田嶋師はさっそく行動を起こした。鳥巣に手紙を送り、蕗子から聞いた経過をすべて嘆願書に書いて大至急出すように強く勧め、その嘆願書原文を自分に託すよう求めた。翻訳者を雇い、完璧な英文にして法務局に提出する労を取るという。そこまでの厚意は鳥巣を感動させた。鳥巣は素直に田嶋師の指示に従うことにした。

三島夫人も鳥巣に行き届いた手紙をよこし、鳥巣もそれに従ってさらに嘆願書を出した。

これら数通の嘆願書には、法廷では語らせてもらえなかった鳥巣の立場が詳しく述べられている。

医局の中のみならず一生にわたって支配力を持ち続ける教授の力。

自分は助教授にすぎなかったこと。

手術第二日目に石山を止めに行ったのは自分であること。だから戦後、石山は「君の抗議をいれて中止しておけばよかった」と言ったこと。

解剖室の準備は解剖学教室の責任者の許可がなければ行なうことができず、自分は準備していないこと。

石山が手術を予告した送別会は五月七日であったこと、自分は五月六日の夕刻母の脳溢血の知らせを電報で受けていたので七日早くに郷里に帰ったこと。

一四日に大学に戻ったこと。手術当日まで何も知らなかったこと。

一回目の後、もう手術はないと思っていたのに二回目の手術を命じられたこと。教授を止めようとしたが拒絶されて悩み、手術が終わった頃顔だけ出そうと入室したが、ちょうど二人目の手術がはじまっていたこと。命じられてガーゼ渡しなどをしたこと。

宴会は二回目の手術の後であったこと。佐藤もこのことを覚えていたこと。彼が軍の命令だと言ったこと。

石山は軍の命令で手術をしていると信じていたこと、手術はすべきでないと思っていたこと。

第三回目の手術の手伝いを命じられたときもやめることはできないのかと頼んだが、断られたこと。専門部の仕事があることを口実に、助手を免除してもらったこと。

戦後の隠蔽工作には関与していないこと、などなどである。

九月に入っても処刑は続く。

一五日。夜の訪問時間も終わって就寝時刻、鉄扉がガチャガチャと開く音がした。下駄の音が静かに鳥巣の房に近づいてくる。「あっ、岡田閣下」と同房の冬至が叫んだ。

微笑を湛えて岡田は房の前に立った。

「お世話になりました」と合掌する鳥巣の顔をじっと見つめて、

「来なさんなや」

優しく、しかも満身の力を込めて発せられた別れの言葉であった（前掲『再審査』所収「故岡田資さんを追慕して」）。

岡田は朗々とした念仏の声をのこして第五棟を去り、翌日処刑された。自軍の戦争犯罪の責任を一身に背負って、進んで一三階段を上った将官は岡田ただ一人であったという。

「来なさんなや」の一言とそこに込められた無限の力は鳥巣の心身を温かく包み込み、生きるよすがとなったのである。

減　刑

調査と嘆願書

九月一八日に鳥巣の嘆願書に基づいて平林通訳の調査が行なわれた。

鳥巣は共同謀議には参加していないこと、石山教授に手術の中止を諫言し、阻止しようと努力したが、かなわず、関与を避けるようにしたこと、鳥巣自身が関係した事実によって罪に問われるべきであること、平光教授より重く罰せられるのは不可解であることなどを、初めて声に出して述べることができた。

三島夫人の指示でまた嘆願書を提出する。田嶋師を介して出した嘆願書も翻訳されて、提出の運びとなる。田嶋氏は法話のときに鳥巣を呼び止め、

「奥様からお手紙が参りました。三島先生が総司令部に先立って行かれたときの話の様子では、鳥巣さんの件はだいたい了解してもらえたということです」

そして「貫先生や他の方々もまた嘆願書を出されるそうです」と伝えた。

しかし、話はそう簡単には行かない。

暮れ近くになり三島夫人から手紙があり、ヘイゲン検事はかなり理解してくれたようだが、第一回手術の準備をしたのは鳥巣だということになっているので、またまた嘆願書を出すようにと知らせてくる。

被告本人や家族に知らせがあるわけではない。三島夫人が嘆願書を提出しに行き、相手側の意向を窺い、次の手を指令してくるのである。

まだ再審査中であるらしいと思い、急いで新たな嘆願書を出した。

その年の大晦日、一年を振り返って鳥巣は、「思へば一日一日緊張した日が続いた」と回想した。「戦時中だつてこんなに味はい深い日を送つたことはなかつた。毎日毎日が緊張している故に実に短い。一日生きれば一日拾ひものでもしたやうな日であつたことを思ふ。何時つれだされても覚悟はしていることながら生きているといふことは何とも云へぬ悦びを味はひつつ……この

一年間……数えきれぬ程の人々のお世話があつた……如何に多くの人々のご恩につながつて生かされているかつくづく思はれる」と感謝する鳥巣であった。

そして、「こうも可愛がられ思はれつつこのまま死んでゆくことが少しも淋しいこととは思へなくなつて来る」（獄中日記）と述懐している。

処刑は続く

一九五〇（昭和二五）年になった。鳥巣は「新しい年を迎へることが出来た。……私は生きようと思ふ。懸命にひたぶるに生きようと今日の一日を、否この瞬間を」と元日の日記に記した。しばらく処刑がなかったが、四月初め、再審査で残っていた「石垣島事件」（沖縄で起きた米兵処刑事件）の関係者七名が執行された。

その直後である、鳥巣が横山元司令官に呼ばれたのは。死刑囚同士の相互訪問時に鳥巣に来てくれという。初めて訪問した鳥巣に、横山は刑の執行停止のことをキリスト教の教誨師を通じて頼むから、どんなことを言ったらいいだろうかという相談をもちかけた。

鳥巣はまったく心を動かされなかった。自分は再審査に向けて、するだけのことはしたし、減刑にならなくても仕方がないと思い定めているので、元司令官のうろたえぶりには呆れただけのことであった。

「もう執行はないと安心してゐたらしい、おかしなことだ。彼自身司令官ではないか。佐藤参謀もゐたが彼とて中心人物ではないか。……彼等は微塵も責任を感じていないらしい。多くの人にすまなかつたと云ふ気持の片鱗すら持ち合せていないのだらうか。そして彼等自ら一番先に助かるやうなことばかり云つてゐる」（獄中日記）

見苦しい元軍人たち！

鳥巣は遺書を整理した。減刑はないのだろうと覚悟した。

五月三日に思いがけなく蕗子が面会に現れた。九大事件に減刑はないという噂を聞いて、急ぎ上京したのだ。

さっそく司令部にかけつけ、再審査委員長に面会を求め、重ねての嘆願を行なった。三島夫人が同行してくれた。「大丈夫そうだ」と、元気づけるような話をする。

翌日も面会に来た。二人とも永別を覚悟していた。後のことをこころゆくまで語って、鳥巣は平穏な気持ちを持つことができた。

六月になるとただ一人の女性戦犯の筒井静子が釈放、七月、鳥巣と同室の冬至堅太郎（一九四五年六月西部軍が行なった捕虜殺害事件の被告）が減刑となった。

一人独房に取り残されたが、人生最後の時を一人で過ごすのも幸せと思う鳥巣であった。

一〇年に減刑

一九五〇年九月二二日、九大生体解剖事件被告五人の減刑が決定した。横山勇・佐藤吉直の軍人被告は無罪。「佐藤の無罪は諒解に苦しむ。然し今更何も云ひたくない」と鳥巣は日記に記している。

平尾健一四五年、森良雄二五年に減刑、平光吾一は二五年のまま減刑なし。そして鳥巣太郎は、絞首刑から一〇年に減刑された。鳥巣は原判決で九大被告のうちただ一人、七つの訴因すべてで有罪とされていた。再審査の結果、有罪は生体解剖の共同行為に参加したことだけ、そのほかの六つの訴因については原判決が覆され、無罪と判定されたのである。

現代風に言えば再審闘争に勝利したことになる。しかし再審査の経過や結論が世に知られることはなかった。「朝鮮戦争の頃、九大事件の被告たちは減刑された」と伝えられたのみである。

減刑の言い渡しは一〇月二日であった。

さっそく第二棟の二階に移された。ここでは棟内の行き来も自由で、夜は消灯され、看守の絶え間ない見回りもない。鳥巣は初めて安眠できる喜びに浸った。

「死の房を放れてわが広庭を一人歩くも心ときめきて」(歌集『ヒマラヤ杉』)

満期までここにいる

面会に来た蕗子に鳥巣は告げた。

「ただランプ持ちをしていただけの大学院生が十年の刑のままだから僕は満刑（あと三年余）までここに居るよ。子供達のことは頼んだよ」（前掲『再審査』）

死から解放された鳥巣は、これからどう生きるかを突き詰めていった。手記『「まよひ」の足跡』にこう記している。

「聞くべきはつつましく聞かねばならぬと共に、また主張しなければならないことを沁々として、いや命をかけて味い知った私である。又もそうした力に押し流されてはならないと決意している。……私の道は矢張りただ一つしかあり得ない。それは念々の深い懺悔の道……」

講和恩赦（一九五二年の対日講和条約発効に伴う）と一九五三（昭和二八）年八月三日の戦犯赦免決議によって、満期を待たず戦犯は次々に釈放されていたのだが、鳥巣は満期まで務めることに強い思いを抱いていた。老父の死という悲劇を含む三年半を鳥巣は巣鴨で過ごし、一九五四（昭和二九）年一月一二日、出所の日を迎えた。

出所にあたって、鳥巣は所長に満期出所の証明書を求めた。償いの一応の完了を自らに納得させなければ再出発はできないという気持ちだったのだろう。

蕗子が休暇を取って夫を迎えに来た。支援者たちに礼を述べて回ったのち、夫婦は東京駅から三等列車に乗った。

東京・博多間は以前より早くなったとはいえ、一日がかりだった。何回も夫のために上京し、重い心を抱いて帰路をたどった蕗子は、眠れない夜を車中で過ごすのが常であった。しかし、その日は夫の肩にもたれているうちに寝入ってしまった。目が覚めたとき、汽車は瀬戸内海沿いを走っていた。

「美しい瀬戸の海の静かな朝明けは、私どもの前途を祝福してくれているようにさえ思われました」(前掲『再審査』)

終章——伯父と私

「仕方がなかったなどというてはいかん」

上坂冬子氏の『生体解剖——九州大学医学部事件』の巻末に、伯父へのインタビューが載せられている。インタビュー終了近く、事件当時、第一外科の医局員は一体どうすればよかったのか、ああする（命令に従う）よりほかに仕方がなかったのではないかと問いかける上坂氏に、

「それをいうてはいかんのです。おっしゃっちゃ駄目なんですよ」

伯父は強く否定した。

「どんなことでも自分さえしっかりしとれば阻止できるのです。……すべては林博士のおっしゃったことに尽きますよ。言い訳は許されんとです。当時反戦の言動を理由に警察に引っぱられた人たちがおりました。あの時代に反戦を叫ぶことに比べれば、私らが解剖を拒否することの方

がたやすかったかもしれません。ともかくどんな事情があろうと、仕方がなかったなどというてはいかんのです」

巣鴨の伯父

一九五一（昭和二六）年の晩秋。小学校一年生の私は父の転勤で神戸から東京に移り住んだ。戦後の混乱がようやく収まった頃で、食糧事情もまだまだ悪かった。

朝は麦の混ざったご飯に薄い味噌汁、昼は給食、おやつはふかしイモ、夜は菜っ葉の煮つけと豆腐、なまり節の煮物、イモご飯。

その頃のわが家の献立である。私はサツマイモが嫌いだった。顔をしかめる私に母は説教した。

「毎日ご飯を三度三度食べられるだけでもありがたいと思いなさい」

二年生になると、私には楽しみができた。「巣鴨」の伯父の来訪である。

「今日は太郎おじちゃんが来る日だからね」

朝、母が宣言すると、私は生唾を飲み込んだものだ。学校から急いで帰ってくると、すでに食卓には母が財布をはたいて用意した豪華な献立が並んでいる。やがて伯父が登場する。痩せているががっちりした体格で優しい目をした人である。四〇歳の父よりだいぶ年上に見えた。食卓でどんな会話が交わされていたかは覚えていない。私の関心はひたすらご馳走にあった。伯父はよく、「伯父ちゃんは、もうお腹いっぱい」と言って、ちゃぶ台に並ぶお皿を回してくれた。私と弟はがつがつと食べた。

「うなぎ」「釜めし」、ときには「すき焼き」。次の伯父の来訪日までは絶対食べられないご馳走。しかもそれは何カ月先になるかわからないのだから。

伯父はときどき、若い久保（敏行）君と呼ばれる人を連れてきた。ある夕、豪華な食事が終わる頃久保君が「先生、今日は風呂当番じゃ」と言い出した。「おう、もうこげな時間か」、二人は食後のお茶もそこそこに慌てて帰って行った。久保君は第一外科の元医局員で、二人は「巣鴨」という名前の牢屋に帰るのだということを私はすでに知っていた。

伯母が伯父との面会のために九州から上京して、わが家に泊まることがたびたびあったから、事件の話は聞かされていた。それは心を引き裂かれるようなことばかりだった。伯母やいとこたちが戦犯の家族ということでいじめられている話、伯母が小学生のいとこを膝に乗せて一日がかりで福岡から面会に来た話、二歳で別れた娘と伯父との再会の様子。

伯父の父が亡くなったときの話も辛かった。

「危篤の電報が来ても帰らせてもらえず、許可が出るのを三日も待っておられた。やっと看守付きで一時出所、服もないのでうちのお父さんが東京駅まで服を届けたんよ。お山のお家（伯父の実家は山の上にあった）に着いたときは四日も経っていて、お父さんはもう亡くなられていた」

伯父がわが家を訪れた最後の日は、一九五四(昭和二九)年の正月二日である。なぜこの日付を覚えているかというと、皇居参拝者が折り重なって死傷者が出た「二重橋事件」の日だったからである。伯父はわが家に着くと、先ほど皇居に行ってきたと言う。

「天皇陛下のために酷い目に遭いなさっているのに、よう行かれますな」

母がそう言ったのを私ははっきり覚えている。「天皇陛下と、どんな関係があるんだろう」と不思議に感じた。

この月の一二日、伯父は満期出所した。

翌一九五五(昭和三〇)年、父の二〇回目の転勤で、私たち一家は再び神戸に帰った。時代は高度成長に向かっていた。戦争も戦犯も占領も、遠い話になりつつあった。

福岡の伯父

伯父夫婦は一九五五年九月に福岡市内で開業した。「元戦犯には貸せない」という銀行もあり、開業資金を作るのにも困難があったが、多くの人の厚意と伯母のパワーで、小さいながらも設備の整った外科医院を開くことができた。伯父のメスは一〇年間の空白でも鈍ることはなかった。名医の評判は広まり、多くの患者が集まるようになった。

私の母は末っ子の甘ったれで何かというと実家を頼った。虚弱だった私をしばしば福岡に送って、伯父夫婦に世話を頼んだ。

伯父の医院は繁華街の近く、大きな通りに面していた。外科であるから入院患者もいるので敷地の大部分は医院が占めており、裏に窮屈そうに自宅が付属していた。

私は今でも、伯父の家の居間と、その真ん中にでんと据えられていたちゃぶ台を思い出す。ここが一家の生活の場であった。

伯父は朝食が終わると白い診察着を着て居間から医院に出かけ、昼食に帰ってくるが、また出かけ、夕食に戻ってくる。伯母は入院患者の食事つくりの指導や看護師の監督、書類整理、接客と忙しく、居間と調理場、医院を行ったり来たりする。

居間の奥にある仏壇の前で読経する伯父の後ろ姿、ちゃぶ台を囲んでの静かな食事。口数は少ないが重みのある伯父の言葉。ときおり見せる笑顔と、家族に向ける温かいまなざし。手術のある日の伯父の顔は別人のように厳しく近寄りがたい。そして一家じゅうに息をつめたような緊張感が漂う。手術が終わった後の安堵感いっぱいのちゃぶ台。

食事もお茶もちょっとしたおしゃべりもここで行なわれた。

ときおり、蕗子伯母は戦犯裁判の話を聞かせてくれた。

釈放後、九大関係から有利な就職口の話があったということも聞いた。おそらく九大系列の病院院長か何かだったろう。事実、九大事件の関係者の一人は某公立病院に迎えられている。伯父は断ったという、「宮仕えはこりごりだ」と。

伯父の言葉

私は伯父を深く尊敬するようになっていったが、これは私だけではなかった。私の父母を含め、親戚の者はみな伯父に一目置いていた。伯父の行動にも言葉にも重みがあり、威厳ともいうべきものがあった。といって固いばかりではない、患者の心を軽くしようとして絶対笑えないような下手な冗談を言うという面もあった。子どもや弱者への伯父のまなざしはいつも温かった。

伯父の言葉は常に短いものだったが、深く印象に残った。

癌と知った患者が医師の治療を拒否し、民間療法に走ろうとして困っているという話がちゃぶ台の話題になったときだった。

「それは、その医師が信頼されていないということだよ、患者の心がわかっていないからだ」

一九六四(昭和三九)年の夏休み、法学部生になった私は体調を崩し、伯父の医院で療養していた。ベッドで憲法の教科書を読んでいた私に伯父は「以素子、憲法の解釈はただ一つだ。あの憲法を作った日の気持ちに立ち返って考えればすぐわかる」と強い調子で言った。

「日本は永久に戦争を放棄したのだ」

翌年も簡単な手術で伯父の医院に入院した。

朝の回診のときだった。看護師の差し出した器具を一目見た伯父が、ものすごい剣幕で怒った。

「なんばしとっとか！」

消毒が不完全だったのである、真っ青になった看護師が消毒をし直しに出たあと、伯父は目を丸くしている私に静かに言った
「患者さんの命に関わることなんだよ」

当時まだ福岡空港は板付空港とも呼ばれ、米軍の基地があった。病室からときおり米軍機の飛行が見られた。病室を訪れた伯父にそのことを話すと、空を見上げて一言、

「軍人は決して責任を取らんものだ」

にがにがしげな表情だった。

伯父が何を思い出しているのか、もちろん私にはわかっていた。

成人して人生の岐路に立った私は、伯父の助言を求めて福岡まで行ったことがある。

「これまで自分が尊いと思うておったものが、信じていた価値が一挙にひっくり返る、そんな瞬間が人生にはある。名誉も地位も何もかもが空しうなる。そのとき、人間の裸の姿がわかる、その人間の本当の値打ちが決まる」

残りの日々

一九六五（昭和四〇）年、私たち一家は豊中に移った。私は高校社会科の教師となり、結婚し、仕事と子育てに追われる毎日を送ることになった。生徒に憲法や平和について語るとき、伯父の言葉は常に心の中に甦ってきたが、福岡に行くことはなくなり、年月が過ぎた。

生体解剖事件は忘れ去られ、巣鴨も消えた。わずかに一九七九（昭和五四）年、上坂冬子氏が『生体解剖——九州大学医学部事件』を著して話題となったばかりである。

伯父夫婦にも静かな時間が流れていった。

伯父は外科学会に出席するために大阪に来ることがときどきあった。そのときは必ず伯母を同伴して仲睦まじかった。伯母を冷やかしたことがある。

「おばちゃんとこは仲がいいんやね、おうちでも一緒の部屋で寝てるし」

当時、私の周辺の年配夫婦で寝室を共にするのは珍しかったのである。

伯母は真面目な顔で答えた。

「夜中にね、あの人が消えてしまう。そんな気持ちが襲ってきて、目が覚めるんだよ。それで手を伸ばして、寝てるってわかると安心してまた眠れるんだよ」

伯母の半生は夫の救出運動と医院の経営、子育てと全力疾走であった。ようやく平穏な日々が訪れ、歌を詠み、絵を描き、写真を撮るなどの趣味を楽しむ伯母であったが、心の奥には深い傷跡が残っていたのだ。

一九八七（昭和六二）年七月、伯母は自宅で倒れ重体となった。伯父の懸命な看護も空しく、九月に他界した。七六歳だった。伯父の傷心は深かった。

一周忌が過ぎた頃、伯父は一人旅をした。

「空しいだけだった」と伯父は義姉である栄子伯母に語った。栄子伯母は善良そのものの童女のような心を持った人で、伯父とは親しかった。

「一人旅はようない。どうです、来年のお正月は私と一緒に百合子さんの家に行きませんか。そりゃ賑やかなうちですよ」

栄子伯母は夫を亡くしてから、毎年末年始を私の実家で過ごしていた。一人暮らしの正月は寂しいので、大阪まで出てくるのである。

伯父はこの誘いに乗った。以後五年間、私たちは二人で正月を過ごした。大阪の家を起点に伊豆、京都、奈良、松江、神戸と小旅行を楽しんだ。

伊豆に遊んで富士山を見に行ったときのことだった。湾の向こうに浮かぶ快晴の富士を見つめていた

晩年の鳥巣太郎

伯父はひとこと言った。

「蕗に見せたかった」

いつも伯父の気持ちの傍らには亡き伯母がいた。

伯父に朝食をご馳走になったことがある。

栄子伯母が脳腫瘍で倒れた。独り暮らしの伯母の看病に私も駆けつけた。病人の容体が落ち着いて、ホテルで朝寝をしていた私に、伯父から電話がかかった。

「朝飯をご馳走するから来なさい」

急いで行ってみると、伯父がご飯を炊き、味噌汁を作って朝食を用意している。

ちゃぶ台の前に座った私にご飯をよそって、「今度はご苦労だったね」とねぎらってくれた。

部屋の様子も朝食の中身も伯母の生きているときと同じである。懐かしがっている私に穏やかな笑顔を向ける伯父だったが、「あれを見なければ」と言ってテレビをつけた。朝ドラでも見るのかと思ったが、日米安保条約と自衛隊の増強をテーマにした報道番組であった。

自衛隊の戦車の映像を、伯父は先ほどとは打って変わった厳しい目で見つめていた。

伯父と並んでテレビに見入っていた私の脳裏に亡き伯母のことばが浮かんだ。

「戦争を放棄し、平和な繁栄の道を歩んだわが国にも、再び軍靴の足音が近づいて来ているように思われる今日、私と同じ思いをする人が決して生まれないように……」（鳥巣蕗『再審査』）

一九九三（平成五）年春、伯父は伯母の許へ旅立った。享年八五歳であった。

再会

一五年後、私は伯父に再会した。それは「九条世界会議in関西」の会場でのことだった。

「伯父さんだよ！　伯父さんが映っている」

夫が息を切らして呼びに来た。「医師九条の会」のブースで「九大生体解剖事件」を取り上げた番組のビデオが上映されているという。駆けつけた私の目に、軍事法廷で絞首刑を宣告された瞬間の伯父の映像がとびこんだ。九州のテレビ局が作成したドキュメンタリーの一場面である。凍りついたような伯父の表情、ＭＰに引き立てられる姿。米軍が撮影したフィルムに残っていたのだ。番組は唯一の生存関係者の証言を軸に「生体解剖事件」を正面からとらえたものであった。六〇年の年月が消し去ろうとしてきた忌まわしい事件が再現され、戦争の恐ろしさと二度とこんなことを起こしてはならぬというメッセージが強く打ち出されている力作である。

そのとき私は伯父が語りかけているのだと思った、「以素子、忘れるなよ。戦争をしちゃいかんのだ。戦争のできる国にしちゃいかんのだ」と。

関係者のその後

最後に九大事件の関係者のその後に触れておく。

九大事件に関し、軍人二人は無罪となったが、仮設収容所生き残りの捕虜全員を殺害した西部軍事件については有罪であった。横山勇元司令官は禁固刑に減刑されたが、一九五二（昭和二七）年、巣鴨で病死した。佐藤吉直元参謀は一九五八（昭和三三）年、最後の戦犯釈放とともに自由となった。事件については上坂冬子氏のインタビューに応じている。

平尾健一助教授が何年に釈放されたか著者は詳らかにできなかったが、後半生は開業医として活躍した。事件についての発言は一切しなかった。

平光吾一教授は一九五五（昭和三〇）年釈放後、診療所の勤務医となった。事件についてはすでに述べたように『文藝春秋』一九五七（昭和三二）年一〇月号に寄稿している。その他の医師・医学生たちもそれぞれ医師の世界に戻り、医業に従事した。

中には、先に述べたように招かれて公立病院の院長になった医師もいる。

事件から七〇年の年月が流れ、関係者も一人をのぞいて亡き人となった。

私自身も古希を迎えた。戦争の記憶のない私であるが、せめて戦争がどんな残酷なものか、どれほど人の心を狂わせるかを若い世代に伝えるのが義務であると思う。

参考文献

鳥巣太郎　歌集『ヒマラヤ杉』（非売品、一九七二年）
鳥巣太郎『「まよひ」の足跡』（非売品、一九七七年）
鳥巣蕗『再審査』（葦書房、一九八二年）
鳥巣蕗遺稿集『孫の風船』（非売品、一九八八年）
赤岩八郎先生追想集『非善人即非良医』（非売品、一九八六年）
石山福二郎「気管枝喘息性呼吸困難発作の内的原因と外的原因及び余の手術方針」（『実験治療社医学講筵刊』第七輯、南江堂、一九四〇年所収）
岡田資『巣鴨の十三階段――戦犯処刑者の記録』（亜東書房、一九五二年／『昭和戦争文学全集　第一五巻　死者の声』集英社、一九六五年所収）
上坂冬子『生体解剖事件』（毎日新聞社、一九七九年／中公文庫、一九八二年）
鬼頭鎮雄『九大風雪記』（西日本新聞社、一九四八年）
小林弘忠『巣鴨プリズン――教誨師花山信勝と死刑戦犯の記録』（中公新書、一九九九年）
仙波嘉清『生体解剖事件』（金剛出版、一九六三年）
『無影灯の傍らで――一老外科医の回顧録』（金剛出版、一九六八年）

東野利夫『汚名――「九大生体解剖事件」の真相』(文藝春秋、一九七九年/文春文庫、一九八五年)
林博史『BC級戦犯裁判』(岩波新書、二〇〇五年)
平光吾一「戦争医学の汚辱にふれて」(『文藝春秋』一九五七年一〇月号所収)
三宅速・石山福二郎『外科的見地における内外境域問題としての胆石症』(克誠堂、一九二七年)
森良雄「求め得た光明の世界――生体解剖連座者の体験手記」(『大法輪』一九五三年三月、第二〇巻第三号所収)
安田武・福島鑄郎編『証言・昭和二十年八月十五日――敗戦下の日本人』(新人物往来社、一九七三年)
『一億人の昭和史』第一五巻(毎日新聞社、一九七七年)

資料

横浜裁判記録・相原ケース　公判記録および再審査資料(国立国会図書館蔵)

映像資料

九州朝日放送「許されざるメス」(二〇〇五年一〇月二九日放送)
NHK「市民たちの戦争　B29墜落〝敵兵〟と遭遇した村~熊本県・阿蘇~」(二〇一〇年八月九日放送)

写真集

織田文二著・茶園義男監修『看守が隠し撮っていた巣鴨プリズン未公開フィルム』(小学館文庫、二〇〇〇年)

あとがき

九州大学医学部は関係者が逮捕された直後、「事件は当事者が勝手に大学の設備を用いてやったことで、我々は全く与り知らぬ」と宣言し、一九四八(昭和二三)年の教授会でこれを公式見解とした。以来、大学の態度は変わらず、九大にとって「生体解剖事件」はタブーであり続けた。

二〇一五年四月、九大医学部に「九州大学医学歴史館」が開設され、「九大事件」の資料も展示されることが決定した。その舞台裏には関係者のうちでただ一人生存されている東野利夫氏の存在があった。自らの罪に向き合いつつ資料展示の必要性を強く主張された。

「戦争はメスをも狂わせた。医者を育てる医学部がそのことに向き合い、伝えなきゃいかんのです」(『西日本新聞』二〇一四年八月一七日付)

七〇年という歳月がようやく重い扉を開かせた。

戦争の恐ろしさと医の倫理の重さを後世に伝える展示であってほしいと願う。

文中の被告の証言、供述等はすべて公判記録および再審査嘆願書など提出資料に拠った。鳥巣に関する部分は、加えて鳥巣蕗『再審査』その他の文献に拠った。なお『再審査』に収められている鳥巣太郎の獄中日記には文語体、旧仮名遣いの部分があるが、できるだけ書かれたままに記述した。蕗の手記部分は一人称で書かれているが、わかりやすくするために蕗子(著者は蕗子伯母と呼んでいた)を使用し、表現も若干変えている。

横浜裁判の手続きは一般裁判とはまったく異なる。本裁判においても供述書のみの証言、供述書と法廷での証言、法廷のみでの証言、法廷外での証言と、さまざまな証言が採用されている。判決理由や再審査の過程については非公開の部分が多い。再審査に関する証言は嘆願書(petition)という形をとるが、内容的には証言や告発、審査請求等が含まれている。わかりやすくするために証言、供述という言葉を使った部分もある。なお、ほとんどが英文であるので著者の語学力の拙さから読みにくい直訳文となっているところや敬称を省略したところもあるが、ご寛恕ねがいたい。

終わりに、何度も原稿を読み、叱咤激励しながら適切な助言を与えてくれた夫・維人と資料収集にあたって全面的に協力してくれた次男・律時の力で本書が完成したことをここに記して感謝したいと思います。

また、作家の島本慈子氏にはノンフィクションの書き方をお教えいただきました。本書の出版に際しては東京新聞論説委員の桐山桂一氏と岩波書店『世界』編集長清宮美稚子氏に並々ならぬご尽力をいただきました。深くお礼申し上げます。

二〇一五年一月

熊野以素

熊野以素

1944年生まれ．1969年，大阪市立大学法学部法学科卒業．大阪府立高校社会科教諭を勤めたのち，2004年，大阪市立大学大学院修士課程修了．専門は社会保障法学，とくに介護保険制度．社会保障法学会会員．2011年から2019年まで豊中市議会議員．著書に『介護保険徹底活用術』(2007年，かんぽう)，『“奇天烈”議会奮闘記――市民派女性市議の8年間』(2020年，東銀座出版社)．
「九条の会・豊中いちばん星」呼びかけ人．

九州大学生体解剖事件 七〇年目の真実

2015年4月15日　第1刷発行
2021年9月15日　第5刷発行

著　者　熊野以素《くまのいそ》

発行者　坂本政謙

発行所　株式会社 岩波書店
〒101-8002 東京都千代田区一ツ橋2-5-5
電話案内 03-5210-4000
https://www.iwanami.co.jp/

印刷・三陽社　カバー・半七印刷　製本・牧製本

ISBN 978-4-00-061039-1　　Printed in Japan

裁かれた戦争犯罪
――イギリスの対日戦犯裁判
林　博史　著
四六判三四〇頁
定価二八六〇円

「慰安婦」問題を／から考える
――軍事性暴力と日常世界
歴史学研究会
日本史研究会　編
四六判二七八頁
定価二九七〇円

戦後責任　アジアのまなざしに応えて
内海愛子
大沼保昭
田中宏
加藤陽子　著
四六判二七〇頁
定価二八六〇円

不確かな正義　BC級戦犯裁判の軌跡
戸谷由麻　著
四六判三二六頁
定価三五二〇円

岩波書店刊
定価は消費税10% 込です
2021年9月現在